AF177313

Über alles
hat der Mensch Gewalt,
nur nicht über sein Herz.

Christian Friedrich Hebbel
(1813 – 1863) deutscher Dramatiker und Lyriker

Ulrike Ruckdäschel

Herzklopfen kann man nicht hören

Kurzgeschichten – mal humorvoll, kriminell, unterhaltsam oder ernst

www.tredition.de

© 2021 Ulrike Ruckdäschel

Autor: Ulrike Ruckdäschel
Lektorat und Korrektorat: Bärbel Mäkeler, www.text-support.de
© Foto Buchcover: Scott Clarence/Shutterstock.com

Verlag und Druck:
tredition GmbH, Halenreie 40-44, 22359 Hamburg

ISBN
Paperback: 978-3-347-39059-1
Hardcover: 978-3-347-39060-7
e-Book: 978-3-347-39061-4

Bibliografische Information der Deutschen Nationalbibliothek:

Die Deutsche Nationalbibliothek verzeichnet diese Publikation
in der Deutschen Nationalbibliografie; detaillierte bibliografische Daten sind im Internet über http://dnb.d-nb.de abrufbar.

Über dieses Buch

Bevor Sie in die Welt meiner Fantasie eintauchen, möchte ich Ihnen kurz schildern, wie dieses Buch entstand. Wenn das Berufsleben zu Ende ist, werde ich einen Roman schreiben. So war mein lang ersehnter Wunsch. Um mir diesen Traum zu erfüllen, erwarb ich im Studium an der Schule des Schreibens das Rüstzeug dafür.

Im Laufe der Zeit entstanden zahlreiche Geschichten aus verschiedenen Genres. Mit Ende des Belletristik-Studiums verschwanden diese in der Schublade. Häufig wurde ich von Freunden gefragt, warum ich keine Auswahl meiner Texte veröffentlichen würde.

Ja, weshalb sollte ich Sie eigentlich nicht daran teilhaben lassen?

Entstanden ist eine Sammlung von Kurzgeschichten, in denen Humor, Ernstes, Heiteres, Fantastisches und Kriminelles eine Rolle spielen. *Runner´s High* ist biografisch und in *Das wundersame Armband* hat das Erlebte eine märchenhafte Note bekommen. Die anderen sind meiner Fantasie entsprungen. Alle in diesen Geschichten vorkommenden Personen, Schauplätze, Ereignisse und Handlungen sind frei erfunden. Ähnlichkeiten oder Übereinstimmungen mit lebenden Personen sind rein zufällig und ungewollt.

Ich wünsche Ihnen viel Spaß beim Lesen und spannende Unterhaltung.

Inhaltsverzeichnis

Zum Ersten, zum Zweiten, zum Dritten ... verkauft

Die Räumlichkeiten des Berliner Auktionshauses kannte Ulf von vorherigen Besuchen mit seiner Frau. Heute war er allein und spät dran. Im Ausstellungsraum mit den seltenen und exklusiven Gegenständen waren längst keine Interessenten mehr.

„Guten Tag. Die Auktion hat bereits begonnen", begrüßte ihn eine elegant gekleidete Mitarbeiterin des Versteigerungshauses.

„Ja, ich weiß", unterbrach er sie barsch. „Ich bin zu spät."

„Möchten Sie sich umschauen oder noch etwas ersteigern?"

In diesem Moment entdeckte er das Stück, für das er seine Mittagspause im Gericht geopfert hatte. Ulf ließ die junge Frau gar nicht erst zu Wort kommen und deutete auf eine Vase.

„Können Sie mir sagen, wann dieser Gegenstand versteigert wird?"

„Einen Augenblick, bitte. Ich schaue kurz nach."

Sie trat einen Schritt zum Tresen und nahm ein Blatt in die Hand.

„Ein außergewöhnliches Exemplar. Ein Einzelstück. Es kommt als Übernächstes in die Versteigerung. Möchten Sie mitbieten?"

„Ja."

„Dann kommen Sie bitte mit. Ich bringe Sie in den Auktionssaal."

Die Tür schloss sich leise hinter ihm. Suchend schaute er nach einem freien Stuhl. In der letzten Reihe entdeckte er einen leeren Platz. Entschuldigend quetschte er sich durch die schmale Stuhlreihe und ließ sich neben einer älteren Dame nieder. Er hasste diesen Raum, weil es nicht seiner war. Hier war nicht er, sondern eine andere Person Herr über die Anwesenden, hatte das letzte Wort und schlug mit einem Hammer auf das Pult. Und Ulf fürchtete Auktionen, wenn er mit seiner Frau Ulla, einer Kunstliebhaberin, daran teilnahm. Ihn versetzte es jedes Mal in Panik, mitzuerleben, wie ein Bieter nach dem anderen ein Zeichen gab und damit den Preis eines Objektes in die Höhe trieb. Auf seiner Stirn bildeten sich kleine Schweißtropfen, wenn er seine Frau beobachtete und keine Ahnung hatte, wie weit sie für einen seltenen Gegenstand bieten würde, den sie partout haben wollte.

Der Gerichtssaal dagegen war Ulfs Reich. Dort war er Richter. Der Herr, der erhöht in einer schwarzen Robe thronte und das Sagen hatte. Eine seiner

Vorlieben galt Justizfilmen, insbesondere Kinofilmen aus Amerika. Mit den Jahren glich er einem typisch amerikanischen Richter: über den Rand einer Lesebrille auf der Nasenspitze streng auf den Angeklagten hinunterschauend und ein Urteil verkündend. Einzig und allein ein Hammer für den Schlag auf den Richtertisch fehlte ihm.

Ulf war in das Auktionshaus gekommen, um für seine Frau zum sechzigsten Geburtstag ein Kunstwerk von Gallé zu ersteigern. Sie liebte die Glaskunst dieses französischen Künstlers. So eine Vase hatte sie bis jetzt nicht. Die Freude darüber wäre bestimmt riesengroß. Seine langjährige Sekretärin, selbst Kunstliebhaberin, kannte die Interessen seiner Frau und hatte ihm den Tipp gegeben.

„Wir kommen jetzt zu einer Glasvase von Emile Gallé. Ein interessantes Stück aus Nancy um 1900. Kalebassenform mit ausgestellter Wulstmündung, achtundzwanzig Zentimeter hoch", eröffnete der Auktionator das Bieten.

„Das Einstiegsgebot liegt bei viertausendfünfhundert Euro. Wer bietet mehr?"

Ulf hob die Hand.

„Viertausendsechshundert von diesem Herrn dort", und deutete auf ihn.

„Wer bietet viertausendsiebenhundert?"

Ein Herr in der zweiten Reihe gab ein Zeichen. Binnen kurzer Zeit bestätigten die beiden Bieter abwechselnd mit ihrer Handbewegung den genannten Preis. Er schnellte höher und höher. Einige der Besucher im Raum wunderten sich unterdessen über die beiden und schüttelten den Kopf. Inzwischen war Ulf um ein Vielfaches über sein Limit gegangen. Er musste aufhören. Sofort. Schweißgebadet hörte er den Leiter der Versteigerung.

„Zehntausend zum Ersten, zum Zweiten. Ein weiteres Gebot? Höre ich zehntausendeinhundert? Nein? Zum Dritten."

Der Auktionator hob den Hammer und schlug damit auf das Pult.

„Verkauft an den Herrn in der zweiten Reihe."

In Ulfs Ohren hörte sich der Knall wie ein Donnerschlag an. Innerlich zuckte er vor Schreck zusammen. Dann folgte der Ärger darüber, dass nicht er den Zuschlag bekommen hatte. Und damit sein Geburtstagsgeschenk jemand anderes bekam. Der nächste Augenblick versetzte ihm einen weiteren Hieb. Mit geöffnetem Mund schnappte er nach Luft wie ein Fisch. Er traute seinen Augen nicht, wen er entdeckt hatte. Bert?, wunderte er sich, als der Käufer aufgestanden und Ulf seinen besten Freund erkannt hatte. Was hatte der hier verloren? Für Kunst hatte er nichts übrig. Er hatte doch gar keine Ahnung davon. Hastig versteckte Ulf sein Gesicht hinter der Angebotsbroschüre, damit er nicht entdeckt wurde. Nachdem Bert den Saal verlassen hatte, hastete Ulf eilig hinterher.

Unbemerkt stellte er sich in die Nähe der Kasse hinter einen Pfeiler und wartete. Er traute seinen Ohren nicht, als er Berts Unterhaltung mit der Auktionsmitarbeiterin belauschte.

„Da wird sich meine Liebste freuen, wenn sie zu ihrem sechzigsten Geburtstag dieses Meisterwerk bekommt. Es ist von ihrem Lieblingskünstler."

Ulf hatte genug gehört. Wutentbrannt schnellte er wie von der Tarantel gestochen aus seinem Versteck hervor und baute sich direkt vor Bert auf. Zornesröte stand ihm im Gesicht.

„Was läuft da hinter meinem Rücken?", brüllte er seinen Freund an.

„Lass es dir erklären", errötete Bert.

„Fahrt zur Hölle", schrie Ulf und ergriff die Vase.

Am ausgestreckten Arm ließ er sie aus der Hand auf den Boden fallen, drehte sich um und ging.

Künstlerpech

Leise spielte der CD-Player. Georg liebte klassische Musik. Und mit den Tönen von Beethovens fünfter Sinfonie im Hintergrund vollbrachte er wahre Verwandlungskünste, auch an sich selbst. Mit Leib und Seele war er seit Jahren Maskenbildner am Theater.

Es war früher Abend. Draußen dämmerte es. Vorsichtshalber zog er die Vorhänge am Küchenfenster zu. Nur nicht auffallen. Das war ihm äußerst wichtig.

Einen tragbaren Profi-Schminkspiegel hatte er auf den Küchentisch gestellt. Die eingebaute Beleuchtung angeknipst und alle Utensilien, die er benötigte, davor aufgebaut: Pinsel und Schwämmchen, in vielen verschiedenen Braun- und Grautönen deckendes Creme-Make-up und Fixierpuder.

Mit der Grundierung nahm er seine Verwandlung in Angriff. Immer wieder verzog er sein Gesicht zu Grimassen, um sanfte Linien mit dem Cremepuder und dem Pinsel in ausgeprägte Falten zu verwandeln. Eine leichte Unebenheit, die er sich auf die Wange geklebt hatte, kaschierte er mit der Theaterschminke und dem Puder. Mit jedem Pinselstrich und Farbtupfer schien er um Jahre zu altern.

Nach zwei Stunden betrachtete Georg sein Werk von allen Seiten und sah eine vollkommen andere Person im Spiegel. Eine betagte Frau mit vielen Falten im Gesicht schaute ihm entgegen. Die Perücke aus grauem Echthaar rundete das Aussehen weiter ab.

„Perfekt", murmelte er vor sich hin. „Fast wie meine Oma."

Die längst nicht mehr der Mode entsprechende abgetragene Frauenkleidung aus der Theatergarderobe hatte er mit zu sich nach Hause genommen. Sogar ein Unterhemd hatte er gefunden, in das aus Polstermaterial ein künstlicher Buckel eingearbeitet war. Sorgfältig hatte er alle Sachen auf dem Bett ausgebreitet. Nacheinander schlüpfte er in die einzelnen Kleidungsstücke. Zuletzt in die ausgetretenen Frauenschuhe mit flachem Absatz, die vor dem Bett standen. Ein weiterer Blick in den Spiegel bestätigte ihm, dass er wie eine ärmliche alte Frau aussah.

„Perfekt", wiederholte er leise. „Auf geht's."

Aus der hintersten Ecke seines Schranks kramte Georg einen Karton hervor. Behutsam hob er den Deckel ab und entnahm ihm ein kleines Beil, das er in eine schwarze Handtasche steckte. Im Flur zog er den dunklen Mantel und die Handschuhe an, nahm die Tasche und einen Gehstock und prüfte durch den Türspion, ob sich jemand im Treppenhaus aufhielt. Vorsichtig öffnete er die Wohnungstür und streckte den Kopf hinaus. Horchend, ob er wirklich allein war.

Als er sicher war, dass er ungesehen aus dem Haus kam, schloss er lautlos hinter sich ab.

Eine Viertelstunde später saß Georg in der Straßenbahn, die zum Stadttheater fuhr. Normalerweise arbeitete er dort um diese Zeit, doch heute Morgen hatte er sich krankgemeldet.

Zwei Stationen vor dem Aussteigen schlug sein Herz schneller und er zitterte leicht. Das geschah unweigerlich, weil er aufgeregt war. Und vor allem, sobald er an Frauen dachte. Er verstand nicht, warum sie ihm jedes Mal einen Korb gaben, wenn er sie einlud. Bereits vier hatten dafür büßen müssen.

Georgs Kollegen schwärmten von der Neuen. Von ihrem Aussehen. Von ihrer Figur. Von ihnen hatte er auch erfahren, dass Anna seit einem halben Jahr als Garderobenfrau arbeitete, um ihr Studium zu finanzieren. Auf Anhieb hatte er sie gemocht. Sie verkörperte genau seinen Typ. Wie sie sich ausdrückte. Wie sie sich bewegte. Wie sie sich kleidete. Schlichtweg alles an ihr erregte ihn. Aber seine Einladungen zum Abendessen hatte sie stets abgelehnt.

Gewöhnlich endeten die Theatervorstellungen gegen zweiundzwanzig Uhr dreißig. Es würde nicht lange dauern, bis der letzte Besucher seine Garderobe abgeholt und das Schauspielhaus verlassen hatte.

Auf diesen Abend hatte sich Georg penibel vorbereitet. Nicht nur einmal hatte er Anna nach Feierabend auf ihrem Nachhauseweg hinterherspioniert. Sie hatte immer denselben Weg genommen.

Von seinem Platz in einer Gebäudenische nahe der Bushaltestelle beobachtete er den Seitenausgang, den alle Mitarbeiter benutzten. Sobald Anna aus dem Theater käme und auf dem Weg zum Parkhaus wäre, würde er sich bereit machen. Wie eine gebrechliche, alte Frau würde er auf die Kreuzung zugehen, die Anna überqueren musste und sie an der Haltestelle vorbeiführte.

Zwanzig Minuten waren vergangen. Endlich. Da war sie. Gleich würde sein Auftritt beginnen. Unzählige Male hatte Georg mit verstellter Stimme den Text geprobt, auf Band aufgezeichnet und angehört. Es gab eine Technik, die den Tonfall erhöhte, sodass seine Stimme einen weicheren und etwas weiblichen Klang bekam. Jetzt profitierte er davon, in seiner Jugend Laienschauspieler in seinem Heimatdorf gewesen zu sein. Dort hatte er mehrfach erfolgreich die Rolle einer Greisin gespielt.

Als Anna fast auf Georgs Höhe war, schlurfte er, sich auf den Gehstock stützend, langsam auf sie zu und sprach sie an.

„Entschuldigung, junge Frau."

„Ja?"

„Es ist mir äußerst peinlich, dass ich Sie anspreche. Sind Sie vielleicht auf dem Weg zu Ihrem Auto und könnten mich bis zum Bahnhof mitnehmen? Ich habe meinen Bus verpasst und um diese Zeit fährt keiner mehr in Richtung meiner Wohnung."

Georgs gebeugte Haltung und das ins Gesicht gezogene Kopftuch verhinderten einen direkten Blickkontakt.

Anna beäugte ihn misstrauisch. „Eigentlich nehme ich niemanden …"

Schnell unterbrach er sie.

„Ich bin nicht mehr so gut zu Fuß und ein Taxi kann ich mir nicht leisten. Am Bahnhof kann ich die Straßenbahn nehmen."

„Ich weiß nicht."

Abermals war aus Annas Worten Unsicherheit und Ablehnung zu hören. Zweifelte sie etwa an der Glaubwürdigkeit einer alten Frau? Bleib ruhig, ermahnte er sich.

„Es ist doch nur bis zum Bahnhof", wiederholte er die Bitte.

„Na gut. Ich nehme Sie mit. Mein Auto steht allerdings zwei Straßen weiter im Parkhaus."

Ein Yeah schoss ihm durch den Kopf. Zufrieden drückte er den Griff seiner Handtasche fester zusammen. Jetzt würde nichts mehr schiefgehen.

„Vielen Dank. Das ist sehr nett von Ihnen."

Während sie die Berliner Allee entlanggingen, kamen Georg die verschiedenen Zeitungsartikel über seine Vergehen in den Sinn. Die Kriminalpolizei tappte vollkommen im Dunkeln und hatte keine konkreten Hinweise auf den Mörder. Alle Frauen waren nach der Vergewaltigung mit einem scharfen Gegenstand, vermutlich einem Beil, brutal von ein und derselben Person erschlagen worden. Auch dieses Mal würde die Polizei keine Spuren finden, war er vollkommen sicher.

„Alles in Ordnung?", erkundigte sich Anna, der es offenkundig schwerfiel, so langsam neben Georg herzugehen.

„Ja, ja. Alles in Ordnung. Ist es noch weit?"

„Nein. Gleich an der nächsten Ecke biegen wir ab und sind am Parkhaus."

Keine zwei Minuten später hatten sie die Parkgarage erreicht. Anna bezahlte und zog das Parkticket für die Ausfahrt aus dem Automaten.

„Hier entlang. Mein Wagen steht in der nächsten Reihe."

Auf dem Weg dorthin ließ Georg Anna keine Sekunde aus den Augen. Er begehrte sie über alles und konnte es kaum erwarten, ihr spürbar nah zu sein. Dass sie ihm die Wagentür offenhielt und damit direkt neben ihm stand, war Georg in diesem Moment unangenehm. Bisher hatte er ausreichend weiten Abstand gehalten, dass sie nicht entdecken konnte, dass er ein Mann war. Doch dann passierte es urplötzlich: Der Mantelärmel blieb am kleinen Türschließerknopf hängen und rutschte zusammen mit dem weiten Pulloverärmel hoch. Sein dunkel behaarter Arm wurde für einen Sekundenbruchteil sichtbar. Zu Tode erschrocken zog er hastig den Ärmel wieder hinunter und hoffte inständig, dass Anna von seinem Fauxpas nichts bemerkt hatte. Sein Herz hämmerte gegen den Brustkorb, dass er befürchtete, ohnmächtig zu werden. Aber sie zeigte keine Veränderung. Sie wartete, bis er im Wagen saß, schlug die Beifahrertür zu und kam auf ihre Seite. Ohne ein Wort zu sagen, setzte sie sich neben ihn ans Steuer und ließ den Motor an. Georg beruhigte sich.

„Mist", schimpfte sie. „Das Auto steht so dicht am Pfeiler. Ich komme hier nicht raus. Würde es Ihnen etwas ausmachen, kurz auszusteigen und mich aus der Lücke zu winken?"

„Ja, das mach ich."

Widerwillig stieg er aus, weiterhin eine gebrechliche Frau nachahmend, und stellte sich in sicherem Abstand hinter den Wagen. Unter keinen Umständen Misstrauen erwecken. Es gibt keinen Grund, warum ich ihr nicht beim Ausparken helfen sollte.

Im Schritttempo fuhr sie das Fahrzeug rückwärts und Georg bemerkte, dass sie ihn keinen Augenblick aus dem Auge ließ.

„Gut … Ja … Sie machen das gut … Kommen Sie langsam weiter", versuchte er, ihr seine Kommandos mit einer möglichst weiblich klingenden Stimme zu geben. „Sie haben es gleich geschafft."

Georg war zum Einsteigen fast zurück an der Beifahrertür, da raste der Wagen mit quietschenden Reifen los. Ihm blieb nichts übrig, als hinterherzuschauen. Anna war zu schnell, um sie aufhalten zu können.

„Fuck! Sie hat's gesehen", schrie er.

Mit voller Wucht stampfte er mit seinem rechten Bein auf den Boden, wieder und wieder. Wie ein trotziges Kind, das nicht bekam, was es haben wollte.

Schlagartig erstarrte Georg wie zu einer Salzsäule.

„Verdammt! Die Handtasche liegt im Auto."

Nur dieses eine Mal

Vorsichtig trat ich durch die geöffnete Flugzeugtür und blieb auf dem Podest der Rolltreppe im Freien stehen. Ich atmete die frische und warme Morgenluft tief ein. Ein mulmiges Bauchgefühl breitete sich langsam aus und mein Herz pochte heftig. War es die richtige Entscheidung, hierher zu fliegen? Wie oft hatte ich diesen Entschluss infrage gestellt? Hundertmal? Tausendmal? Ich wusste es nicht. Jetzt war ich hier und fest entschlossen, den nächsten Schritt zu wagen. So hatte ich es gewollt. Im Übrigen gab es im Moment kein Zurück.

Die Morgensonne ließ mich blinzeln und nur langsam das Umfeld wahrnehmen. Das Flugzeug hatte nicht an einem Finger angedockt, sondern stand abseits im Freien. Auf der rechten Seite erstreckte sich das Flughafengebäude mit zahlreichen davorstehenden Maschinen in Warteposition. „Wollen Sie hier Wurzeln schlagen?", maulte eine männliche Stimme hinter mir.

„Nein. Natürlich nicht. Entschuldigung."

Unwissend, was auf mich zukam, atmete ich ein weiteres Mal tief durch und stieg die Treppe hinunter. In der Gruppe eilte ich mit den anderen Fluggästen zum Bus, der uns kurz darauf bis zum Ankunftsbereich fuhr. Die meisten Reisenden warteten wie ich am Gepäckband auf ihre Koffer. Einige hantierten emsig an ihren Handys und schienen sich noch nicht sonderlich für ihr Gepäck zu interessieren. Ich betrachtete jeden Einzelnen um mich herum und stellte mir vor, aus welchem Grund er hierhergereist war. Mit dieser Übung des Beobachtens hatte ich gelernt, meine Nervosität in den Griff zu bekommen. Außerdem hatte ich mir eingeredet, dass es nichts zu verlieren gab. Es war eine Auszeit, die ich mir nahm. Erst einmal nicht mehr. Alles Weitere würde sich zeigen.

Das Laufband setzte sich in Bewegung und ein Koffer nach dem anderen wurde durch eine Wandöffnung auf das Band ausgeworfen. Ich wartete eine gefühlte Ewigkeit, dann entdeckte ich endlich meinen blauen Koffer, wie er langsam auf mich zurollte. Jetzt war ich doch aufgeregt. Vollkommen unnötig kramte ich das Handy aus der Handtasche und schaute mir zum x-ten Mal das WhatsApp-Profilbild von Pablo Sanchez an. War es ein aktuelles Bild? Wirst du ihn sofort erkennen?, sprach die innere Stimme mit mir.

Vor mir öffnete sich die undurchsichtige Schiebetür zur Ankunftshalle. Im Tempo der anderen verließ ich den Sicherheitsbereich und stand ohne Umwege in einer großen Halle. Suchend hielt ich Ausschau. Einige Reisende wurden mit überschwänglicher Wiedersehensfreude leidenschaftlich in die Arme genommen.

Dort hinten. Das musste Pablo Sanchez sein. Werde jetzt nur nicht nervös. Ich gab meinem Herz einen Stoß und steuerte halbwegs selbstsicher auf das Schild mit meinem Namen zu.

„Pablo Sanchez?"

„Ja. Und Sie sind Ann-Kristin Schneider?"

Nichts weiter als ein zaghaftes Nicken brachte ich hervor.

„Herzlich willkommen auf Mallorca. Ich freue mich, Sie kennenzulernen. Hatten Sie einen angenehmen Flug?"

„Ja, alles bestens. Vielen Dank, dass Sie mich persönlich abholen, Herr Sanchez."

„Pablo. Sagen Sie Pablo zu mir."

Er schenkte mir ein kurzes Lächeln und musterte mich ausgiebig. Ich schätzte ihn auf Anfang bis Mitte dreißig und auffällig groß für einen Spanier. Mindestens einen Meter achtzig, schätzte ich. Kein Gramm Fett zu viel am Körper. Mit dem Drei-Tage-Bart und dem gebräunten Teint wirkte er sexy und ausgesprochen anziehend.

„Darf ich?"

Schon hatte Pablo seinen Arm nach dem Koffer ausgestreckt und nahm ihn mir ab, ohne auf eine Antwort zu warten. „Kommen Sie, es ist nicht weit zum Auto."

Wortlos folgte ich ihm. Behalte ihn immer im Auge. Wie hirnrissig war es, dich auf etwas zu bewerben, wovon du kaum Ahnung hast? Meine Selbstsicherheit ließ mich mehr und mehr im Stich und Unsicherheit war die Folge. Wie in den vergangenen Monaten. Jedes Mal, wenn ich eine Vorstellung für mein zukünftiges Leben hatte, wurde ich ausgebremst. Schlaflose Nächte und Vaters Bevormundung nahmen mir die Lust an beruflichen Entwicklungsmöglichkeiten.

„Hier entlang. Dort drüben steht mein Wagen."

Pablo holte mich in die Realität zurück. Wir blieben am Kassenautomaten des Parkhauses stehen. Ich beobachtete ihn, wie er das Parkticket in den Automaten steckte und bezahlte. Seine braunen Augen drückten eine gewisse Kühle aus. Sie wirkten fast ein bisschen starr. Trotzdem fühlte es sich für mich so an, als ob ich ihn nicht erst vor wenigen Minuten kennengelernt hatte. Sein gepflegtes Äußeres unterstrich ein gewisses Gefühl der Vertrautheit.

„Wie lange wird die Fahrt bis zu Ihrer Finca dauern, Pablo?"

Im Internet hatte ich das logischerweise vorher in Erfahrung gebracht, aber irgendetwas musste ich endlich sagen.

„Knapp vierzig Minuten, wenn wir ohne Stau aus Palma rauskommen. Sie können Ihre Handtasche auf den Rücksitz legen, wenn Sie möchten." Wie ein Chauffeur hielt Pablo mir die Beifahrertür auf.

„Das geht schon. Ich behalte sie lieber bei mir."

Mit der rechten Hand umklammerte ich meine Tasche. Sie gab mir das Gefühl von Sicherheit. Vorsichtshalber hatte ich mir vor der Abreise eine Dose Pfefferspray besorgt. Wenn es brenzlig werden würde, war sie der Retter in der Gefahr.

„Wie Sie wollen."

Mit einem leichten Schubs stieß Pablo die Beifahrertür zu. Der Straßenverkehr war überschaubar, sodass wir in wenigen Minuten die Autobahn in Richtung Inca erreichten. Erst am Wochenende, wenn in den Ferienanlagen Bettenwechsel war, würde am Flughafen ein emsiges Treiben herrschen und sich der Verkehr fast den ganzen Tag über stauen, erklärte er mir.

„Waren Sie schon einmal auf Mallorca?", wollte er wissen.

„Nein."

„Dann genießen Sie mal Ihre ersten Eindrücke."

Während der restlichen Fahrt sprachen wir kein Wort mehr. Ich war damit beschäftigt, alles um mich herum aufzunehmen. Die Gebäude von Palma rechts und links der Autobahn, eingesäumt von Pinien, Palmen und Ginsterbüschen. Vereinzelt Weiden, auf denen ein paar magere Kühe das wenige Grün abgrasten.

„Jetzt ist es nicht mehr weit", unterbrach Pablo nach einer Weile das Schweigen. Gleichzeitig setzte er den Blinker, wechselte die Fahrspur und bog rechts in eine Seitenstraße ab. Aus den Augenwinkeln erkannte ich gerade noch das Hinweisschild mit Sineu. Schade, dass die Fahrt so schnell zu Ende ging. Obwohl Pablo mir gegenüber kühl war, genoss ich die Nähe zu ihm. Sei vorsichtig und auf der Hut. Du kennst diesen Mann überhaupt nicht.

„Bevor ich Ihnen alles zeige, würde ich mich gern mit Ihnen unterhalten. Meine Schwester hat etwas vorbereitet. Bei Kaffee oder Tee und ein paar mallorquinischen Spezialitäten können wir uns besser kennenlernen."

Ich spürte, wie Pablo mich von der Seite her musterte, als rechnete er damit, dass ich seinen Vorschlag vermutlich ablehnen würde.

„Gern."

Da war sie wieder. Die Anspannung. Würde ich dem Gespräch standhalten? Hatte ich auf alle Fragen eine Antwort? Bleib ruhig. Du schaffst das.

Der Wagen bog in einen schmalen, nicht asphaltierten Seitenweg, den wir einige hundert Meter geradeaus fuhren, um am Ende durch ein großes Eisentor abzubiegen. Ich kam aus dem Staunen nicht heraus. Vor mir lag eine dreiseitige Finca mit einem zweigeschossigen Gebäude auf der linken Seite. Direkt vor mir und auf der rechten Seite standen zwei kleinere, die ebenerdig waren. Alle drei im typisch mallorquinischen Stil. Der Innenhof, auf dem wir anhielten, war riesengroß. Eine Reihe von Fahrzeugen konnte locker gleichzeitig darauf parken. Am Ende des rechten Gebäudes war Rasen, der mit einer niedrigen Hecke und einer Blumenrabatte eingefasst war. Ein wuchtiger Holztisch in der Mitte gab Platz für mindestens zehn Personen. Am oberen Ende war er für zwei gedeckt.

„Herzlich willkommen auf der Bodega El Vino Rico! Möchten Sie sich etwas frisch machen, bevor wir uns unterhalten?" Pablos kühles Lächeln verstärkte meine Anspannung weiter.

„Ja. Das würde ich gern."

Die kleine Pause bis zu unserem Gespräch musste ich nutzen, um in Gedanken schnell alles durchzugehen, was ich auf mögliche Fragen vorbereitet hatte.

„Kommen Sie." Pablo ging vor und zeigte mir ein kleines Bad im Seitengebäude. „Ich warte im Garten auf Sie."

Nachdem ich die Tür abgeschlossen hatte, lehnte ich mich gegen die Wand. Bis hierher geschafft. Ist doch bestens gelaufen. Den Rest packst du leicht.

Unter kaltem Wasser wusch ich mir die Hände und kühlte mein Gesicht etwas ab. Es war heißer, als ich es mir vorgestellt hatte. Für einen Augenblick setzte ich mich auf den Toilettendeckel und atmete tief durch. Einmal. Zweimal. Das kurze Innehalten und Durchatmen waren die Übung eines Therapeuten, zu der er mir geraten hatte. Seitdem half sie mir meistens, eine aufsteigende Nervosität in den Griff zu bekommen.

Let's go. Du kannst ihn nicht ewig warten lassen.

„Das ist Maria. Meine Schwester."

Neben Pablo stand eine Frau, ungefähr einen Kopf kleiner, mit den gleichen braunen Augen wie ihr Bruder. Ihre langen schwarzen Haare hatte sie zu einem Zopf zusammengebunden. Mit einem freundlichen Lächeln streckte sie mir ihre Hand entgegen.

„Herzlich willkommen, Ann-Kristin. Ich darf Sie doch so nennen?"

„Ja. Natürlich. Vielen Dank für den herzlichen Empfang, Maria und Pablo."

„Möchten Sie Kaffee? Oder lieber einen Tee?", wollte Maria wissen.

„Einen Café americano, bitte. Wenn es keine Umstände macht."

Aus dem Reiseführer wusste ich, um was für einen Kaffee es sich dabei handelte.

„Nein. Kein Problem. Und du Pablo? Einen Café solo?"

„Ja, gern. Danke, Maria."

Sie schenkte mir einen weiteren kurzen Blick und entfernte sich dann in Richtung des gegenüberliegenden Gebäudes.

„Nehmen Sie doch Platz." Mit einer knappen Geste deutete Pablo auf den Stuhl, der mir einen Blick auf das Gelände hinter der Finca bot.

„Woher sprechen Sie so gut deutsch?", fragte ich ihn und setzte mich ihm gegenüber. „Entschuldigung, wenn ich Sie direkt danach frage."

„Kein Problem. Unsere Mutter ist Deutsche. Sie hat Wert darauf gelegt, dass wir zweisprachig aufwuchsen. Und Sie? Sprechen Sie Spanisch?"

„Nur wenig. Ich hatte kein Spanisch in der Schule. Als Sie mir die Stelle angeboten haben, habe ich mir eine App auf mein Handy heruntergeladen und jeden Tag gelernt. Aber ich fürchte, für ein Gespräch auf Spanisch wird es nicht ausreichen."

„Das kommt schon noch. Warten Sie ab."

Maria kehrte mit den Kaffeetassen zurück und entfernte sich wortlos. Es folgten eingehende Fragen von Pablo. Die meisten hatte ich ihm anlässlich eines Video-Chats längst beantwortet. Jetzt bohrte er in vielen Punkten tiefer nach. Warum ich mich um den Weinlese-Job bei ihm beworben hatte. Beim Jurastudium hakte er nach, aus welchem Grund ich es abgebrochen hatte. Nachfragen zum Abitur. Von meinem Job in der Gärtnerei wollte er genau wissen, was ich gemacht hatte. Auf alle Fragen war ich vorbereitet. Viele Male hatte ich solch ein Gespräch mit meiner Freundin geübt. Sie war die Vertraute, die in das Vorhaben eingeweiht war.

Zunehmend wurde Pablos Blick ernster. Seine zu Beginn lockere Sitzhaltung hatte sich versteift und er hatte die Arme vor der Brust überkreuzt. Anscheinend glaubte er mir nicht. In seinem Ausdruck erkannte ich

Misstrauen. Was hatte ich falsch gemacht? Nachdem ich die Zeit in der Gärtnerei erklärt hatte, kam er direkt zur Sache.

„Irgendetwas stimmt mit Ihnen nicht. Sagen Sie mir die Wahrheit!"

Von der Freundlichkeit, die er mir bis zum Gespräch entgegengebacht hatte, war kaum noch ein Quäntchen vorhanden. Im Gegenteil. Er schien so richtig sauer auf mich zu sein. Ich hatte ihn nicht belogen, aber einiges verschwiegen. Wie sollte ich es ihm erklären? Würde ich dann bleiben können?

„Werden Sie gesucht?"

„Ja ... nein."

„Ja? Nein? Was nun? Haben Sie etwas angestellt? Warum sind Sie ohne Grund aus der Gärtnerei verschwunden?"

„Sie wissen ...?" Weiter kam ich nicht.

„Ja. Ich habe mich über Sie erkundigt. Nun reden Sie schon. Aber die Wahrheit, wenn ich bitten darf!"

Es hatte keinen Zweck. Nervös drehte ich eine Haarsträhne um den Zeigefinger. Wie am besten anfangen?

„Ich bin nicht kriminell. Nicht ganz. Also von der Polizei werde ich nicht gesucht. Aber bestimmt von meinem Vater."

„Von Ihrem Vater? Weshalb?"

„Das mit der Gärtnerei tut mir leid. Lassen Sie mich bitte meine Geschichte von Beginn an erzählen."

Dann sprudelte es aus mir heraus. Nur wenige Menschen wussten davon.

„Vor drei Jahren bin ich gestürzt und mit dem Kopf aufgeschlagen. Mehrere Wochen lag ich im Koma. Danach konnte ich mich an nichts mehr erinnern. Ich wusste nicht mehr, wer ich war. Im Spiegel schaute mich eine fremde Frau an."

„Oh, mein Gott."

„Retrograde Amnesie, diagnostizierten die Ärzte."

„Was heißt das?"

„Bei mir war das episodische Langzeitgedächtnis besonders stark betroffen. Die Ärzte waren optimistisch und machten mir Mut. Ob alle Erinnerungen zurückkommen würden, darüber gab es keine Prognose. Leider blieb in meinem Fall der Gedächtnisverlust bestehen."

„Das tut mir leid."

„Schlimm war, dass ich niemanden erkannte. Nicht meine Eltern. Keine Freunde. Oder Kommilitonen. Ich studierte zu dieser Zeit im sechsten Semester Jura. Alle bemühten sich um mich, doch die meisten blieben mir fremd. In erster Linie mein Vater."

„Ihr Vater? Aber warum?"

„Er ist ein Patriarch. Duldet keinen Widerspruch. Seine Erwartung ist, dass ich in seine Kanzlei einsteige und sie später übernehme. Daran hält er bis heute fest."

„Mussten Sie denn alles neu lernen?"

„Nein, nicht alles. Das motorische Gedächtnis war weiterhin da. Ich wusste zum Beispiel, wie man Zähne putzt und konnte Fahrrad fahren."

„Aha."

„Auch ein Teil meines Allgemeinwissens war weiterhin da. Aber vieles davon musste ich neu erlernen. Meine Vergangenheit kam nicht ins Bewusstsein zurück. Die Ärzte zeigten sich immer weniger zuversichtlich, was diesen Verlust betraf."

„Was haben Sie dann gemacht?"

„Ich wiederholte das Abitur und nahm das Studium erneut auf. Doch das, was einen Juristen ausmacht, fehlte jetzt. Viele Klausuren musste ich ein zweites Mal schreiben und bin trotz intensiver Vorbereitung durchgefallen. Ich wollte mich verändern, von zu Hause weggehen. Mein Vater war dagegen."

„Hat er Ihre Veränderung nicht gesehen?"

„Das Schlimmste in der ganzen Zeit war, dass ich mich genauso wenig kannte. Ich musste eine komplett neue Persönlichkeit entwickeln."

„Und wie haben Sie das gemacht?", fragte er mitfühlend.

„Es fiel mir unendlich schwer, an das alte Leben anzuknüpfen. Vor dem Unfall tanzte ich leidenschaftlich gern, danach konnte ich dem Tanzen nichts abgewinnen. Beim Essen war es ähnlich. Für Schokolade hatte ich eine Schwäche, heute überhaupt nicht mehr."

„Was ist dann passiert?"

„Mein Vater wollte das alles partout nicht akzeptieren. Heimlich packte ich meine Sachen und verschwand. Freude entwickelte ich an Pflanzen und Gartenarbeit. In der Gärtnerei fand ich schließlich einen Job, der mir Spaß machte und mich erfüllte. Bis ..."

Ich stockte. Es fiel mir merklich schwer, weiterzusprechen. Es war, als durchlebe ich das Ganze erneut.

„Bis was?"

„Ein Privatdetektiv hat mich ausfindig gemacht und zu meinen Eltern zurückgebracht. Ich erlitt einen Nervenzusammenbruch und wurde in eine psychiatrische Klinik eingewiesen. Dort lernte ich Christin kennen. Sie war auf Drogenentzug. Nicht nur im Aussehen ähnelten wir uns, sondern hatten auch sonst viele Gemeinsamkeiten. Wir freundeten uns an. Christin machte mir Mut und half mir, meinen Lebenswillen zurückzugewinnen und damit ins Leben zurückzufinden. Meiner Freundin habe ich es zu verdanken, dass ich jetzt hier bin. Das ist meine Story", endete ich.

„Das ist ja eine unglaubliche Geschichte."

„Kann ich Sie jetzt etwas fragen?"

„Ja. Natürlich."

„Warum haben Sie mich hierherkommen lassen, wenn Sie wussten, dass etwas nicht stimmt?"

„Ich war neugierig. Nach unserem Video-Chat hatte ich einen positiven Eindruck von Ihnen. Dann erfuhr ich von Ihrem Verschwinden aus der Gärtnerei. Ich hatte keine Erklärung dafür und war gespannt, was Sie mir erzählen würden."

„Werden Sie mich fortschicken?"

Mit der linken Hand wischte ich die Tränen von der Wange, die unaufhaltsam hinunterliefen.

„Nein. Das werde ich nicht tun. Sie bleiben bei uns. Ich zeige Ihnen jetzt Ihr Zimmer, damit Sie sich etwas beruhigen können. Danach schauen wir uns die Finca an und ich erkläre Ihnen die Aufgaben, mit denen Sie morgen beginnen werden. Ihre Eltern werde ich nicht informieren. Aber Ihr Vater wird auch diesen Aufenthaltsort sicherlich ausfindig machen."

„Nein. Das wird er nicht."

„Sind Sie sich da so sicher?"

„Ja. Sie haben mich vorhin gefragt, ob ich kriminell bin. Etwas Verbotenes habe ich doch getan. Nur dieses eine Mal."

„Das wäre?"

„Meine Freundin hat mir ihren Reisepass geliehen. Unsere Ähnlichkeit, das gleiche Geburtsdatum, sie Christin mit Ch, ich mit K. Diese Duplizität war zu verlockend, als sie verstreichen zu lassen. Wir haben abgemacht, dass meine Freundin in einigen Wochen mit ihrem Personalausweis hierherkommen und den Reisepass wieder abholen wird. Mein Vater wird mich nicht finden. Er kennt meine Freundin nicht."

„Wie raffiniert."

„Darf ich jetzt trotzdem bleiben?"

Zögerlich und fast unhörbar kam es über die Lippen.

„Ja."

Freundschaftlich legte Pablo die rechte Hand auf meine Schulter.

„Kommen Sie. Es gibt jede Menge, dass ich Ihnen zeigen und erklären möchte."

Mir fiel ein Stein vom Herzen. Du hast es geschafft. Einen Platz im zweiten Leben gefunden. Hier. So, wie du es dir vorgestellt hast.

Endlich frei

Es ist ein Spätsommertag, wie er nicht schöner sein könnte. Die Luft ist warm und das Laub der Bäume raschelt leise im Wind. Sonnenstrahlen fallen durch die Blätter auf den Waldweg und erwärmen Ellens Körper. Mit den eigenen Gedanken beschäftigt, geht sie den Forstweg entlang auf den Heidesee zu. Am Rand des Sees bleibt sie stehen und schaut traurig auf das seichte Ufer. Völlig in sich gekehrt erinnert sie sich an die letzten Tage mit ihrer Freundin. Im Spiegelbild des sich kräuselnden Wassers sieht sie nicht ihr, sondern Christas Gesicht.

„Leb wohl", kommt es kaum wahrnehmbar über die Lippen, fast so, als befürchte sie, jemand könne sie hören. Ihre Augen sind mit Tränen gefüllt. Langsam verschwindet das Bild in der leichten Wasserbewegung.

„Leb auch du wohl, Ellen. Dich gibt es ab heute nicht mehr."

Ein Stückchen vom Ufer entfernt entdeckt sie eine Bank, auf der sie einige Minuten sitzen bleibt und den Blick über den See schweifen lässt. Der Erleichterung, die sie im ganzen Körper spürt, folgt eine tiefe innere Ruhe. Vor ihren Augen zieht ein Teil ihres Lebens wie ein Film vorbei. Sie erkennt sich und Martin auf zahlreichen Besuchen am Heidesee.

Als ihre Beziehung intakt war, hatten sie in der Freizeit regelmäßig Radtouren hierher unternommen und waren ab und zu mit einem Boot auf den See hinaus gerudert. In dieser Zweisamkeit lebten sie in einer anderen Welt und träumten von einer gemeinsamen Zukunft, die es inzwischen nicht mehr gab.

Wie lange war es her, dass sie hier waren? Sie konnte sich nicht daran erinnern.

Vor etwa einem Jahr wurde Martin, ihr langjähriger Freund, arbeitslos. Die Beziehung verschlechterte sich und er zeigte eine andere Seite seines Charakters. Gemeinsam unternahmen sie kaum noch etwas. Die Abende verbrachte er mit seinen Freunden beim Glücksspiel und sie saß allein in seiner Wohnung. Immer mehr verfiel er dem Wettspiel und dem Alkohol. Häufig verlor er und trank zu viel. Wenn er nach Hause kam, wurde er gewalttätig und ließ seinen Frust an ihr aus.

Die Erinnerung daran und die Schmerzen, die er ihr zufügte, lassen sie zusammenzucken. Heute will sie mit diesem Kapitel in ihrem Leben endgültig abschließen. Sich frei machen. Für immer. Deshalb ist sie ein letztes Mal am See. Sie nimmt Abschied. Abschied von der Vergangenheit.

Ohne eine Spur von Eile erhebt sich Ellen. Sie zögert. Soll sie? Oder lieber nicht? Schließlich gibt sie sich einen Ruck und schlendert zum Bootsverleih. Ein letztes Mal auf den See hinaus. Das gehört zum Abschiednehmen dazu, beschließt sie. Die Bedenken, dass der Verleiher sie wiedererkennen würde, verwirft sie. Zu markant sind die äußerlichen Veränderungen.

„Hallo? Ist jemand da?" Das Tickethäuschen ist unbesetzt. Die Kasse ist nichts weiter als ein geöffnetes Fenster einer kleinen Holzhütte. Ein Tisch und Stuhl dahinter dienen als Zahlstelle.

„Ich komm ja schon."

Vom See her hört Ellen die Stimme des Verleihers, die sie sofort erkennt. Sie dreht sich um und erblickt den älteren Mann.

„Machen Sie langsam. Ich habe es nicht eilig", ruft sie ihm entgegen. Ein Rentner, um die siebzig Jahre, korpulent, bewegt sich schwerfällig und nach Luft schnappend auf sie zu. Unter dem Arm trägt er vier Paddel.

„Kann ich ein Kajak leihen?"

„Ja." Er macht eine kurze Pause, um Luft zu holen. „Wie lange wollen Sie denn draußen bleiben? Wir schließen in einer Stunde."

„Nicht so lange. Ich werde rechtzeitig zurück sein."

„Haben Sie schon einmal in einem Kajak gesessen?" Scheinbar erkennt er sie nicht.

„Ja, habe ich."

„Wenn Sie acht Euro passend haben, können Sie gleich starten."

Die linke Hand hält er geöffnet und Ellen zählt die Geldstücke hinein.

„Hier. Nehmen Sie." Im Gegenzug streckt er ihr eines der Paddel entgegen. „Sie können gleich dort vorn das erste nehmen."

Als sei alles gesagt, wendet er sich ab und setzt seinen Weg zur Hütte fort. Dann bleibt er kurz stehen und gibt ihr eine letzte Anweisung.

„Die Schwimmweste nicht vergessen. Nehmen Sie sich einfach eine aus der Kiste, die auf dem Steg steht. Viel Spaß. Und passen Sie auf sich auf."

Am Ufer bleibt sie kurz stehen und sieht die Boote am Steg angebunden liegen. Direkt am Anfang der langgezogenen Anlegestelle steht die Kiste mit den Schwimmwesten. Sie sucht sich die passende Größe heraus, zieht den Gurt durch die Schlaufen und drückt ihn in die Schnalle am Bauch. Vorsichtig steigt sie in das Kajak. Mit der Hand stößt sie sich vom Steg ab und dreht das Boot in Richtung Seemitte. Gleichmäßig sticht sie das Paddel ins Wasser. Links, rechts, links, rechts, im Wechsel. Fast lautlos gleitet sie auf den See hinaus. Nur ein mildes Lüftchen weht, kaum spürbar. Durch die Schwimmweste merkt Ellen im Rücken die Wärme der Sonne. Draußen auf dem See hört sie auf zu paddeln und lässt das Boot treiben.

Es ist Zeit, sich von ihrem bisherigen Leben zu verabschieden. Ein allerletztes Mal ziehen die letzten Monate an ihr vorüber und die Erinnerungen bleiben an dem Abend hängen, an dem das Schicksal seinen Lauf nahm.

Martin kam früher nach Hause und war wie so oft betrunken. Er verlangte Geld, das sie ihm nicht geben wollte.

„Lass mich endlich in Ruhe. Von mir bekommst du keinen Cent mehr."

In wenigen Schritten war sie in den Flur gehastet und drückte ihre Tasche fest an sich.

„Das wollen wir doch mal sehen. Gib mir deine Handtasche."

Wutentbrannt griff er danach. Ellen wich aus und rannte ins Schlafzimmer. In letzter Sekunde konnte sie die Tür abschließen.

„Es ist aus. Für immer", schrie sie.

Nachdem sie ihm gedroht hatte, ihn endgültig zu verlassen, trat er die Tür ein. Brutal ließ er seine Wut an ihr aus und schlug immer wieder auf sie ein. Bevor er die Wohnung verließ, warnte er sie.

„Ich bringe dich um, wenn du mich verlässt. Ich finde dich überall. Du wirst nirgends mehr sicher sein."

Mit Mühe wählte sie den Notruf und nannte die Adresse. Schwer verletzt wurde sie ins Krankenhaus gebracht. In ihrer Angst vertraute sie sich der Ärztin an, die sie in ein Frauenhaus in Sicherheit brachte, als der gesundheitliche Zustand es erlaubte. Ein paar Tage später, solange Martin nicht zu Hause war, half eine

Mitarbeiterin der Einrichtung, die persönlichen Sachen aus der Wohnung zu holen. Eine Rückkehr kam für sie nicht mehr infrage.

In ihrer Panik war sie nicht in der Lage, zur Arbeit zu gehen. Die Angst, dass ihr Freund sie finden und seine Drohung wahrmachen würde, ließ sie nicht zur Ruhe kommen. Zahlreiche Gespräche mit den anderen Frauen, die ähnliche Schicksale erlitten hatten, und die gegenseitigen Ermunterungen halfen ihr, nach und nach das Geschehene zu verarbeiten.

Allmählich legten sich die Angstzustände und sie öffnete sich. Mit Christa, einer ehrenamtlichen Mitarbeiterin im Frauenhaus, entwickelte sie eine besondere Beziehung. Fast jeden Abend nach Dienstschluss kam sie und war eine verständnisvolle Vertraute, die für die Probleme der Bewohnerinnen ein offenes Ohr hatte. Ellens Schicksal schien ihr am Herzen zu liegen. Die beiden Frauen, etwa gleichaltrig, verstanden sich auf Anhieb. Über Christas Leben erfuhr Ellen nichts. Fragen wich die neue Bekannte geschickt aus. Es schien ein wohl behütetes Geheimnis zu sein, das sie mit niemandem teilen wollte.

Sechs Wochen vergingen. Ellen kam zunehmend zur Ruhe. Das Frauenhaus bot ihr Schutz und Geborgenheit. Die Ängste und Zweifel, ob die Entscheidung die richtige war, ebbten ab. Bisher lebte sie von ihren Ersparnissen. Es wurde Zeit, einen neuen Job zu finden. Über die Zukunft hatte sie intensiv nachgedacht, aber bislang nichts entschieden. Darüber wollte sie sich mit Christa austauschen und sie um Rat fragen.

An diesem Abend wartete sie vergeblich auf die Freundin. Auch an den folgenden Tagen kam sie nicht. Niemand wusste etwas über ihren Verbleib.

Schlagartig kehrte die Angst zurück. Ellen erfuhr von ihren Freunden, dass Martin weiter nach ihr suchte.

In ihrer Verzweiflung wandte sie sich an eine Mitarbeiterin des Frauenhauses, die ihr half, telefonisch Kontakt zu Christa aufzunehmen. Am gleichen Abend besuchte sie die Freundin in deren Haus.

Ellen stößt einen tiefen Seufzer aus. Für einen Augenblick kehrt sie in die Realität zurück. Vom Ufer her hört sie das Hämmern eines Spechtes. Geräuschlos treibt das Kajak weiter über den See.

Erinnerungen an diese Begegnung lösen erneut Tränen aus. Nie würde sie den Anblick vergessen und das Gespräch, das folgte. Christa sah mitgenommen aus. Abgemagert. Weiß, wie Kalk im Gesicht.

„Was … ist … passiert?"

Dermaßen erschrocken über Christas Verfassung versagte ihr nach jedem Wort die Stimme. Die Freundin zog sie ins Haus und schloss die Haustür hinter sich.

„Später. Erzähl mir lieber, was dir zugestoßen ist."

Beide Frauen saßen sich im Wohnzimmer gegenüber. Ellen hatte sich so weit gefasst, dass sie der Reihe nach erzählte.

„Mir wird nichts anderes übrigbleiben, als von hier wegzugehen", beendete sie die Situation der letzten Tage. „Aber bin ich woanders wirklich vor ihm sicher? Ich möchte nicht mein Leben lang mit der Angst leben, dass Martin mich findet und umbringen wird."

„Das wird auch nicht passieren."

„Bist du dir da so sicher?" Ellen verstand Christas Äußerung nicht. „Du kennst ihn nicht."

Bevor sie weiter widersprechen konnte, spürte sie die Hand der Freundin auf ihrem Arm.

„Nein, ich kenne ihn nicht. Aber deine Sorge teile ich. Ich glaube, die Zeit ist gekommen, dass ich dir von mir erzähle."

Christa litt an einer unheilbaren Krankheit. Eine aufwendige Chemotherapie hatte nicht den gewünschten Erfolg gebracht. Inzwischen war die Erkrankung immer weiter vorangeschritten. Die Ärzte hatten die Hoffnung aufgegeben. Ihr blieben wenige Monate, womöglich nur ein paar Wochen.

„Oh, mein Gott. Wie furchtbar. Gibt es wirklich keine Heilung mehr für dich?"

„Nein. Ich bin austherapiert, wie es so schön heißt."

„Was willst du nun machen? Wer kümmert sich um dich?"

„Niemand. Ich bin allein. Bisher habe ich alles meistern können. Aber von Tag zu Tag werde ich schwächer."

„Und jetzt?"

„Ich möchte nicht in einem Krankenhaus oder Hospiz sterben."

Christa bat Ellen, zu ihr zu ziehen und die letzten Wochen mit ihr zu verbringen.

„Ich möchte dir helfen und habe einen Plan. Aus diesem Grund ist es wichtig, dass du in meiner Nähe bist."

Das, was sie daraufhin erfuhr, war unglaublich. Wahnsinnig, was ihr soeben angeboten wurde. Lauter, als sie wollte und geschockt von dem, was sie gehört hatte, stieß sie die Worte hervor:

„Sag, dass das nicht dein Ernst ist."

„Doch. Es ist mein Ernst. Bitte überlege Dir meinen Vorschlag."

Vollkommen durcheinander kehrte Ellen ins Frauenhaus zurück, nachdem Christa ihr alles haargenau erklärt hatte. In ihrem Zimmer saß sie am Fenster und starrte in die Nacht hinaus. Hin und her gerissen. Wenige Stunden später im Bett fand sie keinen Schlaf und wälzte sich von einer Seite auf die andere. War es in dieser Situation wichtig, über die eigene Zukunft in Sicherheit nachzudenken? Die einzige Sorge galt momentan der Freundin, die keine Zukunftsaussichten hatte und bald nicht mehr da sein würde. In dieser Nacht war sie zu aufgewühlt, um eine Entscheidung zu treffen. So verlockend es klang, es war nicht in Ordnung. Unzählige Telefonate folgten in den beiden Tagen darauf. Am Ende überwand sie ihre Bedenken, zog in Christas Haus ein und erfüllte ihr den letzten Wunsch: In aller Abgeschiedenheit wurde aus Ellen Christa.

Zehn intensive Wochen liegen seitdem hinter ihr. Der Plan ist aufgegangen. In diesen Minuten schließt sie mit all ihren Tränen die Vergangenheit ab, bis sie versiegen und die restlichen Tropfen auf dem Handrücken trocknen.

Endlich ist sie frei. Sie wendet das Kanu und paddelt zum Ufer zurück.

Ein wundersames Armband

Ungeduldig tippte ich mit den Fingerspitzen auf die gestärkte und makellos saubere Tischdecke. In unserem Stammlokal wartete ich auf meine Freundinnen. Von Haus aus war ich eher eine zurückhaltende Frau. Aber heute war ich aufgekratzt und gespannt wie ein Flitzebogen, um ihnen zu berichten, was geschehen war. Immer wieder schaute ich erwartungsvoll auf die Restauranttür.

Unvorstellbares war aus meiner Sicht passiert. Das musste ich ihnen unbedingt erzählen. Wo blieben sie heute nur, fragte ich mich fortwährend und wurde von Minute zu Minute aufgeregter.

Endlich öffnete sich die Tür. Gemeinsam betraten alle drei das Lokal.

Wir: Das waren Lilo, Lui, Marion und ich. Jeden Donnerstagabend trafen wir uns beim Italiener zu einem gemütlichen Abendessen und zum Plaudern.

„Na endlich", begrüßte ich sie lautstark.

„Was ist denn los?" Die Begrüßung ließ Lui ebenfalls aus, sie hatte sofort meine Erregtheit bemerkt. „Du bist ja ganz aus dem Häuschen."

Für mich viel zu langsam, zogen die drei ihre Jacken aus und nahmen ihren gewohnten Platz ein. Bevor ich die unheimliche Geschichte anfangen konnte, fragte die Kellnerin nach der Bestellung und notierte sich unsere Wünsche. Kaum hatte sich die Bedienung umgedreht, begann ich zu erzählen.

„Erinnert ihr euch an den Markt in Kaiserswerth, den wir vor zwei Wochen auf unserem Ausflug besucht haben? Gleich am Anfang war ein Stand mit preiswertem Modeschmuck und Halstüchern.“

„Ja, natürlich. Da habe ich mir den weißen Schal gekauft für meinen schwarz-weißen Blazer“, erinnerte sich Marion sofort.

„Und du, Ulli, hast dir an diesem Stand ebenfalls etwas gekauft, nicht wahr?“, wandte sich Lui an mich.

„Das Kaugummi-Armband“, platzte Lilo heraus.

Gleichzeitig prusteten wir los und lachten. Wie vor vierzehn Tagen, nachdem ich es bezahlt und ihnen gezeigt hatte. Das Armband bestand aus verschiedenen einfarbigen Kunststoffkugeln, die an einem Gummiband aufgereiht waren. Sie erinnerten Lilo haargenau an die Kaugummi-Kugeln, die wir als Kinder aus dem kleinen roten Kasten herausgedreht hatten. Wir vier gehörten alle zur Generation der Kaugummi-Automaten, die meistens in unmittelbarer Nähe eines Lebensmittelgeschäftes oder eines Zigarettenautomaten angebracht waren.

Eine jede von uns gab aus dieser Zeit etwas zum Besten. Ich erinnerte mich an den roten Automaten an der Außenwand des Tante-Emma-Ladens in unserer Straße. Er war gefüllt mit farbigen Kaubonbons und einigen der begehrten Fingerringe mit bunten Glassteinen, die mit ein wenig Glück zusammen mit dem Kaugummi herausfielen. Ich wünschte mir damals sehnlichst solch einen Ring. Mit einem von meiner Mutter erbettelten Groschen stand ich oft davor, warf das Geldstück ein und drehte den Drehknopf ein paar Mal rechtsherum. Der Verschluss öffnete sich. Kurz darauf klackerte die Kugel gegen die mundähnliche Klappe. Aber ein Ring war nie dabei.

„Was hat das mit dem Armband zu tun?", wollte Lui wissen.

„Es war die Verkäuferin. Ihr erinnert euch bestimmt an sie. Es war eine ältere Frau mit grau meliertem Haar. Sie sah ziemlich schrullig aus."

Schnell trank ich noch einen Schluck Wein, bevor ich weitererzählte.

„Als ich ihr das Geld für das Armband gegeben hatte, nahm sie meine Hand, streifte das Band über das Handgelenk und flüsterte mir leise zu: ‚Es wird dir bald Glück bringen, du wirst sehen'. In dem Moment, als sie meine Hand festhielt, wurde mir heiß und kalt. Im ganzen Körper spürte ich ein Prickeln. Sobald sie meine Hand losgelassen hatte, war alles vorbei."

„Das hast du gar nicht erwähnt." Fragend schaute mich Marion an.

„Ich hielt das Ganze für Humbug. Ich habe es sofort wieder vergessen."

„Was ist dann passiert?" Für sie war es bis jetzt wenig aufregend.

„Am Sonntag nach unserer Rückkehr war ich bei meiner Mutter zum Kaffee eingeladen. Gegen Abend bat sie mich, noch eine Weile zu bleiben. Gemeinsam sollten wir ihre Lieblingssendung, eine Umweltlotterie, ansehen. Ehe ich mit einer Ausrede zum Aufbrechen kommen konnte, drückte sie mir ein Los in die Hand und sagte: ‚Toi, toi, toi. Ich wünsche dir viel Glück'. Ich wollte sie nicht enttäuschen, also blieb ich. Wie die Gewinnverteilung aussah, hatte ich nicht wirklich verstanden, aber meine Mutter war ganz in ihrem Element und hatte auch für mein Los die Überprüfung der Zahlen übernommen. Ein kurzer Aufschrei ‚du hast gewonnen' holte mich aus meinen Tagträumereien in die Gegenwart zurück. Ihr werdet es nicht glauben, aber ich hatte wirklich gewonnen. Und wisst Ihr was? Einen goldenen Ring mit eingefassten Rubinsteinen, gespendet vom Juwelier Schwarz in der Königstraße. Gestern habe ich ihn dort abgeholt."

Voller Stolz schob ich die linke Hand über die Tischdecke in die Mitte und zeigte mit einem Strahlen im Gesicht den Ring.

„Wow. Ein wunderschönes Stück. Da ist das Glück aber schnell zu dir gekommen", sagte Marion verschmitzt.

Langsam zog ich die Hand zurück und öffnete die Handtasche.

„Das, was ich euch jetzt zeige, ist unglaublich."

Vorsichtig zog ich aus meiner Tasche das Armband, über das wir uns vor Kurzem so lustig gemacht hatten. Ich hielt es hoch. Keine von uns brachte ein Wort heraus.

Mit weit aufgerissenen Augen starrten wir vier auf die Stelle, an der vor wenigen Tagen eine rote Kugel mit den anderen bunten Kugeln verbunden war. Sie hatte vollkommen ihre Form verloren. Wie eine schrumpelige eingetrocknete Beere hing sie dazwischen.

Enttäuschte Hoffnung

„Ich komme ja schon", brummelte Rebekka vor sich hin. So schnell sie konnte, schlurfte sie in ihren Hausschuhen über den Holzfußboden zur Wohnungstür. Es hatte bereits ein zweites Mal geklingelt. Sie nahm den Hörer der Sprechanlage in die Hand.

„Ja, bitte. Wer ist da?"

„Mein Name ist Mike Bolder. Ich habe eine Nachricht für Frau Weiß. Ich bin ein Freund Ihrer Tochter Hanne."

Hanne? Das war ihr einziges Kind. Was für eine Nachricht? Warum meldete sie sich nicht selbst? Für sie war es eine Ewigkeit her, dass sie fortgegangen war.

Vielleicht besser nicht öffnen, überlegte Rebekka kurz. In der Zeitung wurde immer wieder vor Trickbetrügern gewarnt, die wehrlose Alleinstehende ausraubten.

„Woher weiß ich, dass Sie ein Freund ...?" Sie hatte den Satz nicht zu Ende gesprochen, als sich die Stimme erneut zu Wort meldete.

„Ihre Tochter ist am 14. März 1983 geboren, hier in Berlin. Vor sechs Jahren ist sie nach einem Streit mit ihrem Vater fortgegangen. Reicht Ihnen das?"

Was hatte das zu bedeuten? Ihr Gehirn drehte sich wie ein Karussell. Ihr wurde schwindelig. Rasch hielt sie sich am Türrahmen fest und drückte dann den Türöffner. Kurz darauf bat sie einen jungen Mann, ihr in die Küche zu folgen.

„Woher kennen Sie meine Tochter?" Mit der rechten Hand deutete sie auf die Eckbank auf der anderen Seite des Tisches. Sie selbst blieb hinter dem Stuhl direkt an der Tür stehen, um sich in gewisser Sicherheit zu wähnen.

„Erzählen Sie."

„Wir haben uns in Thailand kennengelernt."

„Hanne in Thailand? Was macht sie dort?"

Mike antwortete nicht sofort. Rebekka wartete auf seine Erklärung, klammerte sich an der Rückenlehne des Stuhls fest, rührte sich aber ansonsten nicht von der Stelle. Fragend schaute sie dem fremden Mann in die Augen. Ihr Bauchgefühl signalisierte, dass sie ihm vertrauen konnte. Sie hatte das Gefühl, dass er es ehrlich meinte. Nach dem Verschwinden ihrer Tochter verging kaum ein Tag, an dem Rebekka nicht an sie dachte. Die Hoffnung, dass sie eines Tages zurückkommen würde, hatte sie nie aufgegeben. Warum war sie nicht mit diesem jungen Mann gekommen?

„Kann ich Ihnen einen Tee anbieten?", fragte sie stattdessen und war mit ein paar Schritten am Küchenschrank.

Bevor Mike zustimmend nickte, hatte sie bereits zwei Becher aus dem Schrank genommen. Sie war zu aufgeregt und zitterte, während sie den Wasserkocher anschaltete und Tee in eine Kanne füllte. Sie konnte nicht sagen warum, aber auf einmal war der Funke einer möglichen Wiedersehensfreude wie weggeblasen. Ein eher ungutes Gefühl breitete sich im Körper aus und schnürte ihr fast die Kehle zu.

„Meine Tochter ist seit sechs Jahren verschwunden. Seitdem habe ich nichts mehr von ihr gehört."

Langsam drehte sie sich um. Mit großer Besorgnis schaute sie den jungen Mann an. Mit der einen Hand hielt sie sich an der Arbeitsplatte fest.

„Warum ist sie nicht mitgekommen?"

Der Wasserkocher fing an zu blubbern und Rebekka war für einen Augenblick abgelenkt. Zitternd goss sie das Wasser in die Teekanne und kehrte damit und den zwei Bechern zum Tisch zurück.

„Wir sind uns auf dem Flughafen begegnet. Hanne war auf dem Weg nach Neuseeland. Und ich auch."

„Neuseeland? Jetzt verstehe ich gar nichts mehr. Warum jetzt Neuseeland?"

Mike ließ sich nicht auf Rebekkas Fragen ein und nestelte nervös an seiner Baseballkappe herum. Er schaute zum Fenster und redete mit gedämpfter Stimme weiter.

„Wir hatten vier Tage Aufenthalt in Bangkok. Gemeinsam suchten wir ein Hostel. In der zweiten Nacht gab es eine Drogenrazzia. Ein Backpacker hatte heimlich Drogen unter die Mitbewohner versteckt. Wir wurden verhaftet."

„Oh, mein Gott!", flüsterte sie. „Was ist dann passiert?"

„Drogenbesitz wird in Thailand hart bestraft. Wir konnten zwar beweisen, dass wir die anderen nicht kannten und nicht drogensüchtig waren, aber das schützte uns nicht vor der Strafe."

Entsetzt schlug Rebekka die Hände vor den Mund.

„Bestraft?" Das war das Einzige, was sie herausbrachte.

„Wir wurden zu fünf Jahren Gefängnis verurteilt."

„Fünf Jahre?" Ungläubig starrte sie Mike an. Es war für sie unvorstellbar, was sie soeben gehört hatte. „Meine Hanne … in Thailand … im Gefängnis. Ist sie noch …?" Ihre Stimme versagte. Die Vorstellung, dass ihre Tochter in einer Gefängniszelle saß, war entsetzlich.

„Nein. Mein Vater hat uns geholfen. Er ist Rechtsanwalt. Ein befreundeter Anwalt in Bangkok war ihm dabei behilflich, dass wir nach Amerika überstellt wurden. Hanne wurde zu meiner Schwester und erhielt für die Ausreise amerikanische Papiere."

„Ich verstehe das alles nicht. Hanne? Ihre Schwester? Nach Amerika?"

Das war zu viel für sie. Wie Wurfgeschosse kamen die Wörter Anwalt, Bangkok, Thailand, Amerika auf sie zu. Sie war kaum noch in der Lage, sich auf das zu konzentrieren, was Mike Bolder erzählte.

„Nach drei Jahren Haft hat die thailändische Justiz dem Antrag auf Haftüberstellung endlich stattgegeben. Mein Vater ist Amerikaner, meine Mutter Deutsche. Mein Dad hat für eine Doppelstaatsangehörigkeit Papiere organisiert. So wurde Hanne meine amerikanische Schwester. Zu diesem Zeitpunkt ging es ihr bereits sehr schlecht. Sie war abgemagert. Kaum ansprechbar."

„Warum schlecht?"

Sie sah eine Träne, die langsam die Wange des jungen Mannes hinunterlief.

„Was ist mit meiner Tochter?" In Rebekkas Kopf hämmerte es. „Meine arme Kleine. Wenn ich nur etwas gewusst hätte."

Mit dem Handrücken wischte sich Mike über das Gesicht.

„Die Verhältnisse in thailändischen Gefängnissen sind schwer erträglich. Es gibt wenig zu essen. Die hygienischen Verhältnisse sind katastrophal."

Er stockte. Das Weitersprechen bereitete ihm Mühe. Wie aus weiter Ferne hallten seine Worte in Rebekkas Ohren.

„Meine Eltern leben in Chicago. Wir wurden dorthin überstellt, um die Reststrafe in einem amerikanischen Gefängnis abzusitzen. Wie gesagt, Ihrer Tochter ging es schlecht."

„Was ist mit ihr? Nun reden Sie schon." Übelkeit stieg ihren Hals hinauf.

„Sie hat es nicht geschafft. Dass sie wieder ins Gefängnis musste, hatte sie nicht verkraftet. Der Lebenswille war gebrochen. Vor einem halben Jahr ist sie gestorben."

„Neiiiiiiin", kreischte Rebekka und stieß mit beiden Händen einen Teebecher um, bevor sie auf den Stuhl zusammensackte. Ihr Herz pochte zum Zerbersten.

„Das ist nicht wahr! Das kann nicht sein. Mein einziges Kind? Tot?"

„Es tut mir so leid. Kann ich etwas für Sie tun, Frau Weiß? Ich mochte Hanne sehr. Wir kannten uns persönlich nur kurze Zeit, aber wir standen uns in den Jahren durch Briefe nahe."

Er versuchte, die Tränen zu unterdrücken. Doch es gelang ihm nicht. Inzwischen hatte Rebekka ein Geschirrtuch geholt und den Tisch abgewischt. Wie in Trance bewegte sich ihr Körper und sie hörte Mikes Worte immer noch wie aus großer Entfernung. Vielleicht war alles nur ein Traum und wenn sie aufwachte, war sie allein und nichts passiert.

„Hannes sehnlichster Wunsch war, dass ihr Vater ihr verzeihen würde. Ich weiß nicht, warum sie keinen Kontakt zu Ihnen oder zu Ihrem Mann aufgenommen hatte." Seine Stimme versagte abermals.

Für einen Augenblick entstand eine unerträgliche Stille. Wie ein Echo hallten die letzten Worte in Rebekkas Ohren und brachten sie in die Wirklichkeit zurück. Leider hatte sie nicht geträumt.

„Nach meiner Entlassung aus dem Gefängnis hat mein Vater mir dieses Tagebuch und einen Brief gegeben. Darin bat Ihre Tochter mich, es Ihnen zu geben." Beides legte Mike in die Mitte des Tisches.

„Wird Ihr Mann Hanne verzeihen?"

„Er wollte es. Er hätte es so gern getan. Es hat ihm das Herz gebrochen, dass seine einzige Tochter im Streit gegangen ist. Er fühlte sich schuldig. Und hilflos, weil er sie nicht finden und sich vor seinem Tod nicht mit ihr versöhnen konnte."

Rebekka ließ ihren Tränen freien Lauf. Zuerst ihr Mann. Jetzt ihre Tochter.

Der letzte Funke Hoffnung war erloschen. Alles um sie herum drehte sich. Dann wurde es schwarz um sie.

Treffpunkt Geisterstunde

Ein Ast zerbrach und ein lautes Knacken war in der Dunkelheit zu hören.

„Autsch."

„Pssst. Leise, Jule", ermahnte Jonas seine sechsjährige Schwester. Von der Seite drückte er mit beiden Händen die Lücke in der Friedhofshecke ein Stückchen breiter auseinander. Weitere Zweige zerbrachen und das Brechen klang Schüssen gleich in der Stille der Nacht. Wie ein Erwachsener gab er ihr einen Klaps auf den Po und stupste sie vorwärts.

„Los. Mach schnell. Das Loch ist jetzt groß genug."

Ohne Widerrede ließ sich Jule auf die Knie nieder und verschwand krabbelnd durch den Spalt, den Jonas an einer Seite weiterhin offenhielt.

„Aua. Da war was." Hastig kroch sie rückwärts, bis er sie stoppte.

„Quatsch. Da ist nichts! Los. Weiter."

Mit sanftem Druck schob er seine Schwester durch die Hecke. Um zu verhindern, dass sie wieder zurückkam, schlüpfte er direkt dahinter ins Loch und robbte auf allen Vieren hinterher. Eine lange Stange zog er neben sich her.

„Hier. Nimm die Gabel. Ich bin gleich da."

Schon war er ebenfalls auf der anderen Seite und erhob sich.

„Ich habe Angst. Lass uns wieder gehen", quengelte Jule und schlotterte vor Aufregung. Sämtlicher Mut hatte sie verlassen.

„Quatsch. Wir bleiben. Ich bin bei dir. Du brauchst dich nicht zu fürchten. Ich passe auf dich auf." Dass ihm das Ganze selbst nicht geheuer war und er ebenfalls Bammel hatte, verschwieg er logischerweise.

„Was ist, wenn ein anderer kommt?"

„Typisch Mädchen. Du wolltest doch auch, dass einer mit Mama redet. Jetzt stell dich nicht so an."

Die beiden Geschwister schlichen Hand in Hand über den Friedhof, bis sie die richtige Stelle gefunden hatten. Sie kauerten sich hinter eine Hecke und beobachteten die Grabstelle ihrer Mutter. Sie warteten eine Weile. Nichts passierte.

„Warum dauert das so lange? Lass uns gehen." Erneut versuchte Jule, ihren Bruder davon zu überzeugen, dass es besser war, sie würden wieder verschwinden. „Es kommt doch niemand."

„Wir müssen warten. Onkel Herbert hat zu Opa gesagt, dass es manchmal ziemlich lange dauert, bis ein Gespenst auf dem Friedhof auftaucht."

Obwohl Jonas es ihr viele Male erklärt hatte, rückte er dichter an seine Schwester, bis sich die beiden Körper berührten. Er hielt ihre Hand fest und so leise, wie er konnte, versuchte er, sie zu beruhigen.

„Die meisten Toten, die von ihren Familien nicht loslassen können, kommen als Erscheinung nur in der Nacht, wenn alle schlafen. Der Vater von Onkel Herbert ist auch immer nachts aus dem Grab gekommen und zu Hause auf dem Speicher umher gewandelt."

„Woher wusste er denn, dass es sein Vater war?"

Jonas Ablenkungsmanöver schien zu funktionieren. Die Sechsjährige hörte ihm aufmerksam zu.

„Ganz einfach. Onkel Herberts Vater hatte ein Holzbein. Als er noch lebte, machte das immer Dong-Dong, wenn er auftrat. Es war der gleiche Gang auf dem Dachboden gewesen, den Onkel Herbert in der Nacht gehört hatte."

„Und warum kommt Mama nicht zu uns auf den Dachboden?", ließ Jule nicht locker.

„Wahrscheinlich war sie schon da und wir haben sie nicht bemerkt. Deshalb bleibt sie in der Nähe ihrer Grabstelle. Jetzt aber leise. Falls Mama uns hört, kommt sie vielleicht nicht."

„Ist doch gut, wenn sie uns hört. Dann kommt sie bestimmt. Und wir können sie selbst fragen."

„Das geht nicht. Nur Geister können mit Toten reden. Leise jetzt!"

Beide verharrten mucksmäuschenstill hinter der Hecke. Eine Weile lang traute sich Jule nicht, etwas zu sagen. Im Lichtschein des Mondes sah der Friedhof gespenstisch aus. Dann hielt sie es nicht mehr aus und versuchte es aufs Neue.

„Ist ein Geist scheu? Oder tut er uns was?" Sie stupste ihren Bruder am Arm. Mit der anderen Hand umklammerte sie fest den Stiel der Forke.

„Wozu brauchen wir eigentlich die Heugabel?"

In diesem Moment war ein lautes Knacken deutlich zu hören. Es kam aus unmittelbarer Nähe vor ihnen. Beide zuckten erschrocken zusammen.

„Wir brauchen sie, falls ein böser Geist auftaucht." Sogar Jonas Stimme klang nun angsterfüllt.

„Ich will nach Hause", jammerte seine Schwester.

„Still jetzt", fuhr er sie an.

„Huhuuuuu!", ertönte es diesmal von oben. „Huu-hu-huhuhuhuu!" Einen Moment später flog dicht über ihren Köpfen eine Eule mit einem weiteren „Huu-hu-huhuhuhuu!" über sie hinweg.

„Aaaaaaaah", kreischten beide gleichzeitig.

„Weg hier", schrie Jonas und sie rannten los, so schnell sie konnten, zum Zaun zurück. In Windeseile krochen sie nacheinander durch das Loch, zuerst Jule, dann er selbst. Kaum waren sie auf der anderen Seite, packte jemand die beiden am Kragen ihrer Jacken und zog sie in die Höhe.

„Joooonas! Ein Geist!", schrie Jule aus Leibeskräften.

Wie Spielzeuge hingen die Geschwister an den ausgestreckten Armen eines Mannes. Einem Hünen von Mann, beinahe so groß wie ein Baum.

„Was macht ihr hier?" Furchterregend und streng klang die Stimme ihres Großvaters in der Dunkelheit.

„Opa?", kam es von beiden wie aus einem Mund.

„Was treibt ihr hier mitten in der Nacht?"

„Jonas will Geisterfänger werden. Nur die können mit Toten sprechen, die auf der Erde bleiben wollen. Das wissen wir von Onkel Herbert", hörte er seine Schwester quietschfidel lossprudeln. Jegliche Angst schien sie in diesem Augenblick vergessen zu haben. Ihm saß der Schreck noch in den Knochen. Stotternd setzte er die Erklärung für ihren nächtlichen Ausflug fort.

„Ma-Mama will bestimmt bei uns a-auf der Erde bleiben. Deshalb mü-müssen wir einen Geist finden, d-der mit Mama redet. Es ist w-wichtig. Papa lacht nicht mehr. Er ist s-so traurig, seitdem Ma-Mama nicht mehr da ist. Wir w-wissen nicht, was wir tun sollen." Enttäuscht und schluchzend sprach Jonas stockend leise weiter. „Wei-Weil Mama doch immer einen Rat weiß."

Nicht auf meine Kosten

Karin von Weißenfels trat durch die Schiebetür ins Freie und schaute auf das blaue Meer hinaus. Sie hielt nach einem freien Tisch an der Poolbar Ausschau, von dem sie ihr Umfeld im Blick hatte. Ihre Gemütsverfassung war gespalten. Einerseits empfand sie Erleichterung, dass sie ihren Verfolger los war, andererseits freute sie sich nicht über ihre wiedergewonnene Freiheit. Stattdessen fragte sie sich, wie es möglich war, einen Menschen so zu hassen, dass man ihm den Tod wünschte. Und diesen Wunsch zu bereuen, nachdem er sich erfüllt hatte. Was hatte sie nur getan? Gestern war sie den ganzen Tag in der Kabine geblieben, weil sie befürchtet hatte, ihr stand auf der Stirn geschrieben, welch grausames Verbrechen sie begangen hatte.

Es war später Vormittag und das Deck nach dem Anlegen des Schiffes fast leer, denn die meisten Gäste waren auf Bermuda von Bord gegangen. Bis zum Ablegen des Kreuzfahrtschiffes dauerte es noch eine Stunde.

„Entschuldigung? Darf ich mich zu Ihnen setzen?"

Fragend schaute Karin zu dem Mann hoch, der an ihren Tisch getreten war. Ein smart aussehender Typ.

Etwa Mitte dreißig, schwarze Haare. Dreitagebart. In dem hellen Leinenanzug wirkte er ungemein anziehend.

„Warum? Es sind doch noch genügend Plätze frei. Schauen Sie sich um." Ihr war nicht nach einem Flirt zumute. Sie wollte allein sein.

„Ich möchte etwas mit Ihnen besprechen, Frau von Weißenfels."

Verwundert fragte sich Karin, woher er ihren Namen kannte. Ohne eine weitere Äußerung abzuwarten, rückte er den Stuhl zurecht und setzte sich ihr gegenüber.

„Martin lebt."

Für den Bruchteil einer Sekunde erstarrte sie.

„Wie bitte?"

Das war alles, was sie in dieser Schrecksekunde hervorbrachte.

„Martin lebt", wiederholte er. „Sie kennen ihn gut. Ich bin Harald Sommer, sein Bruder. Ich weiß über Sie und Martin Bescheid."

Karin konnte es nicht fassen. Erst jetzt erinnerte sie sich, dass sie ihn schon einmal gesehen hatte. Beim Einschiffen im Cruise Terminal. Sie war einige Tage vorher in New York an Bord gegangen und hatte die Gegebenheiten ausgekundschaftet. Nach dem Eintreffen in Miami hatte sie sich im Einschiffungsbereich aufgehalten, um sicherzugehen, dass Martin zweifelsfrei an Bord kam. Getarnt mit dunkler Brille und einem Sonnenhut hatte sie sich so hingesetzt, dass sie die Eingangshalle im Blick hatte. Zwischen all den Reisenden war sie kaum aufgefallen, zumal sie ein Telefongespräch vortäuschte. Sie hatte Martin sofort erblickt. Bis zu diesem Zeitpunkt war alles so gelaufen, wie sie es eingefädelt hatte. Er hatte sich mit dem Mann, der ihr jetzt gegenübersaß, unterhalten. Pünktlich um sechzehn Uhr war das Kreuzfahrtschiff ausgelaufen und drei Stunden später betrat Karin das Restaurant. Schon vor zwei Tagen hatte sie für diesen Abend einen Tisch reserviert. Gegen ein großzügiges Trinkgeld hatte sie den Kellner gebeten, Martin zu ihr zu bringen, sobald sie ihm ein Zeichen gab.

„Woran denken Sie?", riss ihr Gegenüber sie aus den Gedanken. „Wollen Sie mich jetzt auch loswerden? Warum haben Sie meinem Bruder den Laufpass gegeben?"

„Was wollen Sie von mir? Wir hatten eine Affäre. Ja, und? Er wusste von Anfang an, dass es keine Zukunft für uns gab. Das wollte er einfach nicht wahrhaben."

Warum in aller Welt hatte Martin seinen Bruder mit an Bord gebracht? Vermutlich hatte sich ihr Ex-Lover die Reise allein nicht leisten können. Ihre Gedanken überschlugen sich förmlich und Wut breitete sich in ihr aus, weil ihr Plan zu scheitern drohte.

Harald beugte sich über den Tisch und sah Karin genau an, bevor er sie mit seiner Anschuldigung konfrontierte.

„Bringt man deshalb jemanden um?"

„Wieso umbringen? Ich habe Martin nicht umgebracht", stieß sie möglichst entsetzt hervor. „Außerdem haben Sie doch gerade gesagt, dass er lebt."

Jetzt nur nicht die Nerven verlieren, versuchte sie sich zu beruhigen und überlegte gleichzeitig, wie sie zur geplanten Zeit das Schiff unauffällig verlassen konnte, ohne dass es verdächtig wirkte. Wenn sie erst von Bord war, gab es nichts Belastendes mehr gegen sie für den Fall, dass man Martin allen Ernstes gefunden hatte.

„Noch mal. Was wollen Sie von mir?"

Sie hatte sich wieder unter Kontrolle und zeigte ihr coolstes Anwaltsgesicht, während ihr Herz einem Trommelsolo gleich gegen ihre Brust schlug. Sein Blick war eisig und in seiner Stimme klang Feindseligkeit mit.

„Zwei Millionen für meinen Bruder und eine Million für mein Schweigen."

Ohne auf die Forderung einzugehen, und um zusätzliche Zeit für einen Ausweg aus dieser Situation zu gewinnen, musste sie weitere Details in Erfahrung bringen.

„Wie und wo hat man ihn gefunden? Stimmt es überhaupt, was Sie sagen?"

„Martin hatte einen Schutzengel. Keine Ahnung, was Sie ihm verabreicht haben. Ich habe jedenfalls gesehen, wie Sie mit ihm das Restaurant verlassen und ihn dabei gestützt haben. Als er sich über die Reling gebeugt und erbrochen hat, haben Sie mit einem Stoß nachgeholfen. Glücklicherweise ist er auf ein Rettungsboot gefallen, bei dem die Einstiegsplane nicht fest genug verschlossen war. So ist sein Körper in das Boot gerutscht und die Crew hat Martin am nächsten Morgen gefunden. Er liegt auf der Krankenstation."

„Damit habe ich nichts zu tun. Es war ein Unfall."

„Sie wissen genau, dass es kein Unfall war."

„Verraten Sie mir wenigstens, warum Sie es getan haben? So eine Behandlung hat Martin nicht verdient." Aus seinen Augen funkelte ihr blanker Hass entgegen.

„Hat er Ihnen wirklich alles erzählt? Dann wissen Sie sicher auch, dass er mich erpresst?"

„Nein."

Einen winzigen Augenblick schaute er Karin verunsichert an, die dies sofort bemerkte.

„Dann werde *ich* Ihnen jetzt mal was erzählen. Die Zeit, die ich mit Martin verbracht habe, war schön. Wie ich Ihnen aber schon gesagt habe, wusste er von Anfang an, dass unsere Beziehung keine Zukunft hatte. Das habe ich ihm immer wieder klargemacht. Als es zu Ende war, hat er mich nicht in Ruhe gelassen. Überall hat er mir aufgelauert und mich bedrängt.

Schließlich habe ich gedroht, ihn wegen Stalkens anzuzeigen. Er war außer sich und hat mir ein Video geschickt. Heimlich hatte Martin von unseren Liebesnächten Aufnahmen gemacht, die er veröffentlichen wollte, wenn ich nicht zu ihm zurückkehren würde. Der verfluchte Kerl wollte meine Karriere zerstören."

„Das wusste ich nicht." Erstaunt hielt Harald kurz inne, bevor er weitersprach. „Davon hat Martin mir nichts gesagt."

Karin bemerkte ein weiteres Mal einen Anflug von Unsicherheit. Sie war fast geneigt, ihm das abzunehmen. Diskret warf sie einen Blick auf ihre Uhr. Es war Zeit aufzubrechen. Ihr Gehirn arbeitete fieberhaft daran, wie sie den Tisch verlassen konnte, ohne dass er einen Verdacht schöpfte, dass sie nicht vorhatte zurückzukehren. Sie musste ein letztes Mal auf ihre Kabine und an die Rezeption.

Unbeirrt wiederholte Harald seine Forderung.

„Drei Millionen für unser Schweigen."

Ohne auf ihn einzugehen, hatte sie eine spontane Idee.

„Lassen Sie uns doch gemeinsam zu Mittag essen."

Nachdem sie in Martins Bruder keinen Argwohn erkannte, war sie sicher, dass ihr Plan aufgehen würde.

„Vorher müssen Sie mich aber bitte kurz entschuldigen."

„Was …?", brüllte er lauthals und stieß seinen Stuhl beim Aufspringen um. Drohend baute er sich vor Karin auf, erkannte aber sofort seinen Fehler. Hastig hob er den Stuhl auf und setzte sich wieder.

„Was haben Sie vor?", zischte er stattdessen über den Tisch.

„Keine Sorge. Ich bin gleich zurück. Kurz zur Toilette, austreten."

Ihre Stimme klang ruhig und selbstbewusst. Um ihre Glaubwürdigkeit zu unterstreichen, ließ sie ihre Sonnenbrille auf dem Tisch liegen. Karin nahm die Handtasche, stand auf und verschwand ohne Hast im Schiffsinneren.

Zurück in ihrer Kabine schrieb sie eine kurze Notiz, griff nach ihrem Bordkoffer und war nur wenig später auf dem Weg zur Rezeption.

„Meinen Reisepass bitte, Kabine 1601. Ich habe bereits gestern Abend die Formalitäten für mein Ausschiffen erledigt." Sie versuchte, ihre Nervosität und Eile zu verbergen.

„Schade, dass Sie uns vorzeitig verlassen, Frau von Weißenfels. Hier ist Ihr Reisepass. Ich wünsche Ihnen eine gute Reise."

„Ich habe noch eine Bitte. Können Sie Harald Sommer bitte diese Nachricht bringen lassen? Er sitzt an der Poolbar. Danke."

Karin legte den Umschlag auf die Rezeption und schob ihn langsam zur Mitarbeiterin hinüber. Ohne eine Antwort abzuwarten, drehte sie sich um und hatte es jetzt eilig, von Bord zu kommen. In der einen Hand den Koffer und in der anderen die Handtasche haltend, stieg sie die Gangway hinab. Nach wenigen Schritten betrat sie die Hafenhalle, die sie von ihren vorherigen Aufenthalten auf Bermudas kannte. Alles war hier überschaubar. Sie bog rechts ab und blieb vor der Passkontrolle stehen. Keine zwei Minuten später bestieg sie ein Taxi und ließ sich zum Flughafen nach Hamilton fahren. Von dort aus würde sie nach New York zurückfliegen. Zufrieden und mit einem Lächeln im Gesicht genoss sie die Fahrt und die Freude über ihr Verschwinden. Sie hatte die beiden Männer ausgetrickst.

Von ihrer Doppelstaatsangehörigkeit hatte sie Martin nie etwas erzählt. Daher konnte auch sein Bruder Harald nichts davon wissen. Mit ihrem deutschen Pass, der sie bis heute mit dem Namen ihres verstorbenen Mannes auswies, war sie an Bord gewesen. In ein paar Tagen würde sie mit ihrem brasilianischen Reisepass, der wieder auf ihren Mädchennamen Tamaris Karinia da Silva lautete, zu ihrem Vater nach Sao Paulo weiterreisen. Vorerst gab es kein Zurück in die Kanzlei in Deutschland. Womöglich nie mehr. Befreit hatte sie sich von Martin, aber frei war sie nicht.

Zur gleichen Zeit überreichte ein Butler den Umschlag. Harald wurde kreidebleich, nachdem er das Blatt auseinandergefaltet hatte und las: „Leben Sie wohl, aber nicht auf meine Kosten."

Das Ass im Ärmel

„Verdammt. Das kannst du nicht machen, Vater." Empört sprang Kai vom Stuhl auf. „Ich habe so viel Energie in die Übernahme von Goldmann gesteckt. Unser Angebot ist unschlagbar. Und jetzt, kurz vor dem Abschluss, soll der Maier das Geschäft in trockene Tücher bringen und die Lorbeeren ernten? Ich verstehe dich nicht. Warum?"

Kais Vater thronte hinter seinem Schreibtisch und ließ sich nicht aus der Ruhe bringen.

„Papperlapapp. Ich kenne den Goldmann. Der ist ein schlauer Fuchs. In letzter Sekunde zieht er ein Ass aus dem Ärmel. Jetzt muss ein Profi ran. Du bist zu unerfahren. Solange ich hier Chef bin, tust du, was ich dir sage", erwiderte sein Vater. „Maier übernimmt. Basta!"

Jegliche Diskussion würde mit dem gleichen Ergebnis enden. Nicht zum ersten Mal wurde dem Junior deutlich gemacht, wer das Sagen in der Firma hatte. Jeder Widerstand war zwecklos. In maßloser Wut stürmte er zur Tür, drehte sich kurz davor um und drohte mit dem Zeigefinger.

„Nicht mit mir!", brüllte er und schlug mit voller Wucht die Bürotür hinter sich zu.

Nur weg von hier, rief die innere Stimme ihm zu. Fast im Laufschritt verließ er das Firmengebäude und hastete zum Auto auf dem Parkplatz. Sein Schädel dröhnte zum Zerbersten und im Bauch brodelte die Wut.

Warum mischt er sich immer wieder ein? Er behandelt mich wie einen dummen Jungen, hämmerte es in Kais Kopf.

„Ich brauche frische Luft, sonst platze ich", schimpfte er lautstark vor sich hin.

Entschlossen umklammerte er fest das Lenkrad, bis die Knöchel weißlich hervortraten. In der Erregung lenkte er den Wagen um einiges zu schnell durch den Verkehr und erreichte in wenigen Minuten den Allacher Forst im Norden Münchens. Das Waldstück lag nicht allzu weit vom Firmensitz entfernt. Ab und zu erlaubte er sich hier eine kleine Auszeit für einen Spaziergang, um an frischer Luft Vorgehensweisen für wichtige Entscheidungen vorzubereiten. Oder, wenn die Enttäuschung über die Dominanz seines Vaters zu groß war. Wie heute.

Dicht am Waldrand stellte er seinen Porsche ab. Der Parkplatz war zu dieser Tageszeit leer.

„Dieses Mal bist du zu weit gegangen." Im Flüsterton sprach Kai mit sich selbst. „Jetzt reicht es mir. Das lasse ich nicht mehr mit mir machen."

Die Hand in der Hosentasche ballte sich zur Faust. Ziellos folgte er dem Forstweg tiefer in den Wald hinein. Er hatte keine Ahnung, wie lange er schon gegangen war. Seine Füße schmerzten durch die dünnen Schuhsohlen der Lederslipper. Unentschlossen blieb er stehen und zum ersten Mal nahm er die Umgebung wahr. Sonnenstrahlen drangen durch das Laubwerk zum Waldboden. Zahlreiche Pilze schossen aus dem Boden und verströmten einen Hauch von Anisduft. Das leichte Rascheln der Blätter und das Vogelgezwitscher klangen wie Musik in den Ohren. Ein Eichhörnchen sprang blitzschnell vor ihm über den Weg und verschwand hinter dem Stamm einer Buche. Dann sah Kai, wie es auf einen Baumstumpf kletterte und in seine Richtung schaute.

Vorsichtig betrat er den Waldboden, der sich unter den Füßen weich wie ein Teppich anfühlte, und steuerte auf das Tier zu. Nachdem er auf ein paar trockene Äste trat und ein lautes Knacken zu hören war, blieb er schlagartig stehen. Husch. Weg war das Eichhörnchen und er stand allein vor dem riesigen Stumpf einer Buche. Von Neugier erfüllt schaute er sich den Baumstumpf genauer an und mutmaßte, dass der Baum erst vor Kurzem gefällt worden war und an die hundert Jahre alt gewesen sein musste, den vielen Jahresringen und dem Stammumfang nach zu urteilen.

Ein Blick auf die Uhr verriet ihm, dass bis zum nächsten Termin ausreichend Zeit war für eine kurze Pause. Behutsam ließ er sich auf dem Stumpf nieder, zog Schuhe und Strümpfe aus und massierte seine brennenden Füße.

Sonnenstrahlen wärmten ihn durch das Jackett. Es fühlte sich gut an. Im Schneidersitz legte er beide Hände auf die Knie. Mit geschlossenen Augen atmete er tief ein. Die Stimme seines alten Herrn hallte zum x-ten Mal in seinen Ohren.

„… du tust, was ich dir sage … du tust, was ich dir sage." Wieder und wieder. Zuerst laut, peu à peu leiser werdend, bis die Stimme nicht mehr zu hören war. Kais Anspannung löste sich. Der Zorn verflog allmählich. Eine ganze Weile saß er so da. Tief in Gedanken versunken suchte er nach einer Lösung für das Übernahmeprojekt. Auf einmal sah er es: Goldmanns Ass.

„Autsch!"

Erschrocken zuckte er zusammen und fasste sich an die Stirn. Was war das? Etwas Hartes hatte ihn getroffen und lag neben ihm: eine Eichel. Lächelnd nahm er die Frucht in die Hand und drehte sie zwischen zwei Fingern hin und her.

Befreit von der Wut und ein neues Ziel vor Augen, hatte er es jetzt auf einmal eilig. Im Handumdrehen streifte er die Socken wieder über und schlüpfte nacheinander in seine Slipper. Ohne langes Überlegen kehrte er zum Wagen zurück. Doch bevor er den Motor anließ, tippte er eine Telefonnummer in das Handy und wartete geduldig, bis Goldmann sich persönlich meldete.

„Hier spricht Kai von Oldenburg. Ich habe eine Idee, mit der Sie meinen Vater loswerden und Ihre Firma behalten können."

„Das sagen gerade Sie, der um jeden Preis für eine Übernahme kämpft. Was ist passiert?"

„Nicht am Telefon. Nun sagen Sie schon. Sind Sie interessiert?"

„Ja. Was für einen Vorschlag wollen Sie mir unterbreiten?"

„Ich steige in Ihr Unternehmen ein und werde Ihr Partner. Was halten Sie davon?"

„Wann und wo können wir uns treffen?", erwiderte Goldmann.

Runner's High

Die Entscheidung war ein Jahr zuvor gereift. Genauer gesagt, in Rom beim Marathon, den ich als Zuschauerin dort miterlebte. Eine Gruppe Langstreckenläufer aus unserem Laufverein, in dem mein Mann trainierte, hatte vor Monaten diesen Ort als sportliches Highlight auserkoren.

Wie bei so vielen vorherigen Wettkämpfen gehörte ich zur nicht mitlaufenden Fan-Gruppe. Unsere Aufgabe bestand darin, das Teilnehmerfeld vom Straßenrand aus anzufeuern, insbesondere - verständlich - die eigenen Marathonis.

Schon am Vortag erlebte ich einen Vorgeschmack von der Euphorie des Marathonlaufens. Ich bekam die Chance, die Startunterlagen und den blauen Rucksack mit dem Marathon-Logo, den jeder Teilnehmer erhielt, für eine unserer Mitläuferinnen abzuholen, die erst später anreisen konnte. An der Pasta-Party konnte ich aufgrund der abgeholten Unterlagen teilnehmen und erlebte erneut einen Hauch dieses Events. Aus aller Herren Länder versorgten sich die meisten Läufer am Tag vor dem sportlichen Ereignis mit möglichst vielen Kohlehydraten. Es gab

Unmengen an Pasta: Spaghetti, Penne, Rigatoni, Farfalle, Fusilli. Eine Fülle der wichtigen Nährstoffe für die Teilnehmer, die ich als bloße Zuschauerin am Straßenrand überhaupt nicht brauchte, die aber lecker schmeckten.

Am Lauftag war ich ständig auf Achse, um unsere Freunde rechtzeitig an den abgesprochenen Stellen anzuspornen. Immer stärker wurde der Wunsch: Beim nächsten gemeinsamen Marathon werde ich nicht mehr am Straßenrand stehen, sondern mitlaufen!

Einige Wochen vergingen.

Und schon wurde das nächste Lauf-Event ins Auge gefasst. Die Rom-Mitstreiter trafen sich bei uns zu Hause und „philosophierten" über das Lauf-Abenteuer im darauffolgenden Jahr.

London? Nein, ein zu schnelles Rennen.

Boston? Zu weit entfernt.

Paris? Den Marathon kannten einige.

Stockholm? Ja, dort würden wir gern mitlaufen.

Eifrig wurde diskutiert, der Termin notiert und erste Details festgelegt.

„Ich bin dabei. Dort laufe ich mit." Überrascht über meine Ankündigung richteten sich alle Blicke auf mich und es herrschte Totenstille. Hauptsächlich auch deshalb, weil ich wiederholt betont hatte, dass ich nie eine solch lange Strecke laufen würde. Ein Halbmarathon war für mich bisher ausreichend genug. In

Stockholm gab es diesen aber nicht. Ich hatte demnach keine Alternative. Die Entscheidung stand fest: Ich wollte von Anfang an bei sämtlichen Vorbereitungen dabei sein.

Im Nu legte sich die Aufregung wieder. Alle freuten sich über meinen Entschluss und hatten Tipps parat, wie ich das Training am besten anging.

„Finde ich super, dass du dabei bist. Du schaffst das." Noris mit der meisten Erfahrung war begeistert und ließ mich an seinem reichen Läuferwissen teilhaben.

Ein paar Tage später nahm ich das intensive Lauftraining in Angriff. Intervalltraining, Drei-Stunden-Läufe und mindestens sechzig bis siebzig Kilometer pro Woche standen auf dem Trainingsplan. Hinzu kam für mich das Training für die nächste Verbandsrunde im Tennis, meinem Lieblingssport. Mit eiserner Disziplin, aber auch mit Freude am Laufen, absolvierte ich das wöchentliche Pensum, das ich mir vorgegeben hatte. Alle für mich wichtigen Daten, wie Zeit, gelaufene Kilometer, Strecke, wurden notiert, jeder mir einleuchtende Ratschlag befolgt und in das Training eingebaut. Es gefiel mir: das lockere Laufen nach einem anstrengenden Arbeitstag.

Vier Wochen vor dem großen Ereignis passierte es: Im ersten Tennis-Verbandsrundenspiel der Saison hatte ich im Kampf um einen Ball zu abrupt abgestoppt. Wie ein Messerstich schoss ein plötzlicher

Schmerz in meine rechte Wade. Mit einem spitzen Schrei ging ich zu Boden.

Im Krankenhaus die Diagnose: Muskelfaserriss.

„Das vergessen Sie besser", antwortete mir der Arzt auf meine Frage, wie lange es dauern würde, bis ich wieder laufen und am geplanten Wettkampf teilnehmen könnte.

Im Bruchteil von Sekunden das Aus vom Marathontraum. Die Enttäuschung war unvorstellbar groß. Hatte ich doch monatelang hart trainiert. Und jetzt das: vier Wochen vor dem Lauf!

Trotz der noch nicht ausgeheilten Verletzung entschied ich mich, mit nach Stockholm zu reisen. Meine Laufkleidung war im Gepäck. Warum? Darauf wusste ich keine Antwort. Deprimiert betrachtete ich die Medaille in der Vitrine, die jedem Zielläufer überreicht werden würde. Vom Veranstalter gab es keine Erstattung des Startgeldes. Eine kostenlose Teilnahme im darauffolgenden Jahr wurde mir angeboten. Das kam für mich nicht infrage. Enttäuscht hatte ich trotzdem die Startunterlagen mitgenommen.

Am Lauftag beim Frühstück teilte ich meinem Mann und den anderen meine Entscheidung mit.

„Das Startgeld hat siebzig Euro gekostet. Ich werde mitlaufen, so weit ich komme. Ich kann jederzeit aufhören, wenn ich Schmerzen habe."

„Mach das nicht!" Alle redeten durcheinander und versuchten, mir das Vorhaben auszureden.

„Der Arzt hat gesagt, ich soll es lassen. Nach drei Kilometern wäre der Schmerz zu groß. Dann ist es eben so. Aber drei Kilometer werde ich dabei sein. Das redet mir jetzt keiner mehr aus!"

Aufgeregt heftete ich mir am Mittag vor dem Start meine Startnummer auf das Funktionsshirt: K2280. Voller Vorfreude auf den bevorstehenden Lauf und die vielen Sehenswürdigkeiten verabschiedeten sich diejenigen aus unserer Gruppe voneinander, die noch nicht im Startbereich waren: Doris, Edgar, Noris, mein Mann und ich. Wir lagen uns in den Armen und jeder wünschte mir Glück. Mein Mann drückte mich fest und flüsterte mir ein Toi, toi, toi ins Ohr.

„Vergiss nicht anzurufen, damit wir nach dem Lauf einen Treffpunkt vereinbaren können", gab er mir zum Schluss mit auf den Weg.

„Nein. Natürlich nicht."

Mit diesem Versprechen trennten wir uns. Ein jeder suchte seinen Startbereich und reihte sich dort ein.

Endlich war es so weit.

Vierzehn Uhr.

Selbst in einem der hinteren Startblöcke hörte ich das Herunterzählen ... sieben, sechs, fünf, vier, drei, zwei, eins. Unmittelbar danach folgte der Startschuss. Im Schritttempo bewegte sich die Menge vorwärts. Siebzehntausend Teilnehmer und Teilnehmerinnen hatten sich auf die Strecke begeben. Menschenmassen säumten den Startbereich und feuerten uns an.

Es dauerte einige Minuten, bis ich die Startlinie erreichte. Mir lief ein Schauer über den Rücken. So fühlte es sich also an, dabei zu sein, ging es mir durch den Kopf. Adrenalin und Aufregung pur.

Langsam, wie ich es trainiert hatte, fing ich an zu laufen. Einen Kilometer, zwei, drei. Da ich keinen Schmerz in meiner Wade empfand, beschloss ich, so lange weiterzulaufen, bis ich etwas merken würde.

Vor mir erblickte ich die erste Verpflegungsstation. Dichtes Gedränge an den bereitgestellten, mit Wasser gefüllten Pappbechern. Diese kurze Trinkpause ersparte ich mir und lief in meinem Tempo daran vorbei. Denn ich hatte die eigene Verpflegung dabei: kleine Wasserfläschchen am Gürtel und Power-Riegel für zusätzliche Energie. Mühelos, Schritt für Schritt, immer auf das Bein achtend, genoss ich die vielen Sehenswürdigkeiten der Stadt. Wir liefen durch die Altstadt, am Königlichen Schloss vorbei nach Södermalm und passierten das Rathaus Stadshuset. Die Laufstrecke verlief quer durch Parks, über Brücken, rauf und runter. Jedes Kilometerzeichen registrierte ich bewusst: elf, zwölf, dreizehn ... zwanzig.

Einige Läufer drehten sich verwundert um, als ich an der Halbmarathon-Markierung einen Freudenschrei losließ. Bis hierher hatte ich es also schon geschafft.

Zur vereinbarten Zeit meldete ich mich bei meinem Mann. Er hatte inzwischen das Ziel erreicht und auf den Anruf von mir gewartet.

„Wo bist du denn?" Eine gewisse Aufgeregtheit in seiner Stimme war nicht zu überhören.

„Bei Kilometer fünfunddreißig."

„Nein. Das glaub ich jetzt nicht."

„Doch. Es dauert noch ungefähr eine Stunde. Dann bin ich auch da."

„Wahnsinn. Du bist immer für eine Überraschung gut. Pass weiter auf dich auf."

In der eigenen Hochstimmung hörte ich die letzten Worte schon gar nicht mehr. Ich lief und lief und lief. Von Schmerz keine Spur. Ich war einfach nur glücklich. Nach vier Stunden und fünfzig Minuten passierte ich das große Tor in das Olympiastadion, durch das 1912 die Olympioniken das Stadion betreten hatten.

Noch zweihundert Meter.

Laute Musik und Riesenapplaus begleiteten mich die letzte Minute bis ins Ziel. Ich hatte etwas geschafft, was keiner für möglich gehalten hatte! Mein Marathon-Debüt, gelaufen mit Handicap, aber angekommen. Erste Tränen kullerten. Überglücklich ließ ich mir die Medaille umhängen. Millionen über Millionen Glückshormone strömten durch meinen Körper.

In diesem Moment erlebte ich das Runner's High, mein persönliches Hochgefühl.

Unerwartete Begegnung

Die Bürotür schnappte leise hinter ihm ins Schloss. Feierabend. Mit hängenden Schultern und dem ausdruckslosen Blick wirkte Hinnerk mit seinen vierundvierzig Jahren eher wie ein alter Mann, der sich nach körperlicher Arbeit schwerfällig zum Fahrstuhl schleppte. Das Warten auf den Aufzug kam ihm heute wie eine Ewigkeit vor.

Im Erdgeschoss durchquerte er die Empfangshalle der Mineralölfirma, für die er arbeitete. Früher war er Servicetechniker und für die Wartung von Bohrinseln in der Nordsee zuständig gewesen. Nach einem Schicksalsschlag war sein Leben aus den Fugen geraten und er hatte daraufhin einen eintönigen Bürojob in der Hauptverwaltung angenommen. Aus Hinnerk wurde ein freudloser und einsamer Mann, der sich im Laufe der Jahre an einen penibel genauen Ablauf in seinem Leben gewöhnt hatte. Seit jener Zeit tagein, tagaus eine Einförmigkeit zum gleichen Zeitpunkt: aufstehen, zur Arbeit fahren, nach Hause kommen, fernsehen, zu Bett gehen. Freunde hatte er keine. Mit allem hatte er sich abgefunden. Das Gefühl, nie mehr glücklich werden zu können, ließ ihn seit jenem Novembertag vor zwanzig Jahren nicht los. Schuldgefühle lasteten auf ihm und endlose Grübeleien waren die

Folge. Für ihn war es wie eine Strafe. Doch nichts anderes hatte er verdient, verurteilte er sich selbst.

„Pünktlich wie immer, Breuwer. Schönen Feierabend", verabschiedete ihn der Pförtner. Hinnerk hob die Hand und grüßte knapp zurück.

„Ihnen auch."

Schon war er an der Drehtür, drückte einen Flügel nach vorn und schritt hinaus ins Freie und in die Dunkelheit. Nur wenige Straßenlaternen zeigten ihm den Weg über den Parkplatz zur Bushaltestelle.

Normalerweise drehte sich auf seinem Gang zum Bus in Gedanken alles um den Fernsehabend und darum, welcher Fernsehsender das bessere Programm an diesem Abend hatte.

Doch ausgerechnet heute fiel ihm der Brief wieder ein, den er vor einigen Tagen bekommen hatte. Ein merkwürdiges Gefühl, das er nicht beschreiben konnte, hatte ihn sofort befallen. Wer sollte ihm schreiben? Seine Adresse stand handschriftlich in Druckbuchstaben auf den blütenweißen Briefumschlag geschrieben. Ein Absender war weder auf der Rückseite noch auf der Vorderseite des Umschlags vermerkt. Ungeöffnet hatte Hinnerk den Brief beiseitegelegt. Warum fiel ihm das ausgerechnet jetzt ein? Hing die Post womöglich mit seiner Vergangenheit zusammen, über die er so oft grübelte? Das Geschehene ließ sich nicht rückgängig machen. Es gab keine andere Wahl, als damit zu leben.

Pünktlich wie immer kam die Linie 7. Während der Bus seine Fahrt fortsetzte, suchte sich Hinnerk, wie gewohnt, einen Platz im vorderen Teil des Busses. Auch das gehörte zum täglichen Ritual. Für einen winzigen Moment blieb sein Blick an einer jungen Frau hängen, die ihn offenkundig beobachtete und ihm freundlich zulächelte.

Was für ein Zufall, dachte er spontan. Diese Person sah genauso aus wie damals seine Elli. Diese Ähnlichkeit. Prompt kamen Erinnerungen an die Vergangenheit hoch. Schnell senkte er seinen Kopf und setzte sich. Nie würde er diesen schwarzen Tag vergessen, an dem sein Glück ein jähes Ende gefunden hatte.

Er befand sich auf einem Einsatz auf der Bohrinsel. Die Ärzte aus dem Krankenhaus riefen an und informierten ihn, dass seine Ehefrau in den Wehen lag und die Geburt sich kompliziert gestaltete. Stunden später brachte seine Frau ein gesundes Mädchen zur Welt. Das Kind war wohlauf, aber Elli kämpfte um ihr Leben. Die Ärzte hatten ihn gebeten, so schnell wie möglich zurückzukommen.

Warum hatte er damals diesen Einsatz angenommen, obwohl er doch um die bevorstehende Geburt gewusst hatte? Das war die Frage, die ihn seitdem quälte.

„Lincoln-Siedlung", kündigte der Lautsprecher den nächsten Haltepunkt an. Kurz darauf stoppte der Bus und einige Personen stiegen aus.

„Herr Breuwer? Hallo, … aussteigen … Ihre Halte-stelle."

Besorgt musterte der Busfahrer seinen Fahrgast im Rückspiegel. So abwesend hatte er ihn bisher nie erlebt. Seit Jahren fuhr Breuwer mit dieser Linie und stand schon vor dem Halten an der Ausstiegstüre.

„Alles in Ordnung?"

„Ja, alles okay, danke."

Aus seinen Erinnerungen gerissen, hastete Hinnerk zur Tür. Beim Aussteigen drehte er sich kurz um und verabschiedete sich.

„Schönen Abend. Bis morgen."

Auf dem Gehweg atmete er tief durch und setzte schwerfällig den Heimweg fort. Prompt kehrten seine Gedanken zum Unglückstag zurück.

Ein Sturmtief mit ergiebigen Regenschauern und Böen über der Nordsee hatten verhindert, dass ein Hubschrauber auf der Plattform landen konnte. Erst nach drei Tagen war er endlich im Krankenhaus. Zu spät. Elli hatte es nicht geschafft und er gab sich daran die Schuld. Warum war er nicht da gewesen, als sie ihn dringend brauchte? Mit Ellis plötzlichem Tod verlor er den Boden unter den Füßen. Todunglücklich und vollkommen hoffnungslos war Hinnerk damals nicht in der Lage, sich ein Leben ohne sie vorzustellen. Aus dieser Verzweiflung heraus hatte er das Neugeborene zur Adoption freigegeben. Mit der Zeit verzieh er sich diese Entscheidung erst recht nicht.

Zahlreiche Versuche, sie rückgängig zu machen, scheiterten. Wenn ihn die Vergangenheit einholte, sehnte er sich nach der Kleinen und fragte sich, was wohl aus ihr geworden war. Der Schmerz saß tief und er litt darunter, warum er in jenen Tagen keine andere Lösung gefunden hatte.

Gedankenversunken überquerte Hinnerk die Kreuzung und trottete durch die Siedlung, zuerst die Goethestraße entlang, dann rechts in die Nordallee. Er hatte es nicht eilig. Ihn erwartete niemand. Drei Ecken weiter bog er links ab, in die Lindenstraße, in der er wohnte. Dass ihm jemand gefolgt war, hatte er nicht bemerkt. Nachdem er seinen Haustürschlüssel aus der Jackentasche gezogen hatte und dabei war, die Tür aufzuschließen, hörte er wie aus dem Nichts hinter sich ein Geräusch. Erschrocken zuckte er zusammen und schaute sich um. Im schummrigen Licht der Laternen stand die junge Frau aus dem Bus. Er erkannte sie sofort. Wie von einem Schlag getroffen, erstarrte er.

„Haben Sie mich erschreckt! Was machen Sie hier?"

„Hin … Hinnerk Breuwer?", stotterte die junge Frau.

Trotz der spärlichen Straßenbeleuchtung war es ihm nicht entgangen, wie erregt sie war. Stotternd kam es über ihre Lippen.

„Ich … ich heiße Silvia … ich bin … ich bin deine Tochter. Ich habe dir einen Brief geschrieben."

Betroffen schlug er die rechte Hand vor den Mund und ließ dabei den Schlüssel los, der scheppernd auf den Fußweg fiel.

Er traute seinen Ohren nicht. Was hatte sie gesagt?

„Du? … Meine Tochter?" Jetzt war er es, dem das Sprechen Mühe bereitete. Das Herz schlug ihm bis zum Hals hinauf. War das tatsächlich möglich? Mit Bedacht musterte Hinnerk die junge Frau. Einen Augenblick stutzte er. „Bist du wirklich …?" Erneut verstummte er und trat einen Schritt auf sie zu, weiter den Blick auf ihr Gesicht gerichtet. Abermals fiel ihm die große Ähnlichkeit mit Elli auf. Mit einem Mal erlebte er, wie ein Hauch von Glück seinen Körper durchströmte.

Die Frau im blassblauen Kleid

Claire? Mit einem lauten Scheppern fiel meine Kaffeetasse aus der Hand ins leere Spülbecken. Ich erschrak dermaßen, weil ich nicht sofort begriff, ob es vom Lärm der zerbrochenen Tasse kam oder von dem, was ich auf der anderen Straßenseite in dieser Sekunde ausmachte.

Hinter dem Bus war eine junge Frau hervorgetreten. Sie trug ein Kleid aus blassblauem Leinen, das zu groß für sie wirkte.

Normalerweise stieg in unserer Gegend um diese Uhrzeit niemand aus. Mein Platz war jeden Morgen hier am Küchenfenster. Es hatte sich zum Ritual entwickelt. Kurz nach Sonnenaufgang trank ich zum Wachwerden die erste Tasse Kaffee und beobachtete die Natur zu dieser frühen Stunde. Meistens schlief ich schlecht. Oft lag ich nachts stundenlang wach. Seitdem ich allein war, quälte mich ständig die Frage nach dem Sinn des Lebens.

Mehrmals schaute die Fremde sich suchend um. Anscheinend kannte sie sich hier nicht aus.

Einen Augenblick, nur einen winzigen Moment, schaute ich in ihr Gesicht. Sie sah aus wie … nein, das war unmöglich. Noch zögerte sie, welche Richtung sie einschlagen sollte, dann wandte sie sich nach links und steuerte auf den schmalen Pfad zu, der zur Klippe führte.

„Claire?"

Leise sprach ich dieses Mal ihren Namen aus. Die Frau dort drüben sah genauso aus wie meine Ehefrau damals, als ich sie kennengelernt hatte. Und sie trug ein nahezu identisches Kleid, wie Claire es an warmen Sommertagen getragen hatte. Zuletzt war es ihr viel zu groß geworden.

Regungslos stand ich am Fenster. Unfähig, den Blick abzuwenden.

„Das gibt es nicht."

Völlig verstört murmelte ich das vor mich hin und beugte den Körper näher zur Fensterscheibe, um besser sehen zu können. Die Unbekannte hatte den gleichen Schritt. Einen federnden Gang, der den Stoff des Kleides sanft wogen ließ. Früher hatte mein Herz jedes Mal schneller geschlagen, wenn ich sie nach der Arbeit die Auffahrt hatte hinaufkommen sehen. Wie viele Jahre war das her? Wir waren zu jener Zeit erst wenige Monate verheiratet. Die Firma hatte mir damals einen Job in Sydney angeboten und wir waren hierhergezogen. Und waren geblieben.

Im ersten Jahr nach dem Berufsende hatten wir Pläne für Reisen zu den Orten geschmiedet, die wir bis dahin nicht kannten. Doch dann kam die Krankheit.

Was um alles in der Welt tat die fremde Frau hier? Um diese Zeit? Es war früher Morgen, die Dunkelheit eben erst durch die aufgehende Sonne verschwunden. Spaziergänger gab es hier kaum. Meistens waren es Touristen, die im Laufe des Tages auf ihrer Stadtrundfahrt vorbeikamen. Ein paar Nachbarn, die ab und zu einen Verdauungsspaziergang zur Klippe unternahmen. Und die anderen, die nicht zurückkamen.

Diese Ähnlichkeit. Unmöglich Claire. Das konnte sie nicht sein. Oder doch?

„Wir sehen uns wieder. Glaube fest daran."

Mehr als einmal hatte sie mir die Worte zugeflüstert, während ich an ihrem Bett saß. Gab es eine Wiederauferstehung? Eine Rückkehr ins Leben? Welch wirre Gedanken. Stimmte etwas nicht mit mir? Sofort verwarf ich die Überlegungen.

Nicht zum ersten Mal holten mich Erinnerungen aus der Vergangenheit ein, die mir jegliche Lebensfreude genommen hatten. An Claire. Meine Kleine, wie ich sie liebevoll nannte. Erinnerungen an ihre langen blonden Haare, die golden in der Sonne wie Engelshaare glänzten. Solch helle Haare wie die Unbekannte jenseits der Straße. Dann sah ich Claire nachdenklich und in sich gekehrt, wie sie über ein Problem nachdachte und eine Lösung dafür suchte. Später gezeichnet von der Krankheit. Wie ihr Körper langsam immer weniger wurde und sie zum Schluss das Bett nicht mehr verlassen konnte.

Die Erinnerungen an die letzten gemeinsamen Tage spulten sich wie ein Film im Schnelldurchlauf vor meinen Augen ab. Ich sah mich an ihrem Bett sitzen. Traurig und mit feuchten Augen drückte ich sanft ihre Hand als Zustimmung, unfähig darauf zu antworten, wenn sie mir jeden Tag aufs Neue versicherte, dass wir uns eines Tages wiedersehen würden.

Nachdem sie von ihrer Krebserkrankung erlöst war, kapselte ich mich ab. Tagsüber vegetierte ich ohne jeglichen Antrieb dahin. Abends war ich froh, wenn es draußen dunkel wurde. Aber auch in der Nacht fand ich keine Ruhe. Manchmal hatte ich das Gefühl, an meinem Kummer ersticken zu müssen. Freunde wandten sich mit der Zeit ab, als sie merkten, dass mir gemeinsame Interessen gleichgültig geworden waren. Ich sah keinen Sinn mehr im Leben und wollte ebenfalls sterben, so unerträglich schien mir die Verzweiflung über den Verlust. So sehr vermisste ich meine Frau.

Das lag zwei Jahre zurück, aber bis heute hatte sich an diesem Zustand nicht viel geändert. Jetzt erschien es mir, als hätte ich erst gestern an ihrem Bett gesessen.

Wie von Zauberhand geführt, eilte ich zur Haustür und schloss sie hinter mir ab. In Hausschuhen und ohne Jacke schlürfte ich die Auffahrt hinunter. Hastig öffnete ich das Gartentor, überquerte die Straße und folgte dem Pfad. Mannshoch säumten auf beiden Seiten gelbe Ginsterbüsche den Weg zur Felsenklippe. Da war sie wieder, die junge Frau, am Ende des Sandstreifens. Sie war fast auf dem Aussichtsplateau angekommen. In der Entfernung wirkte sie auf mich wie ein Schmetterling, der über den Sandboden schwebte.

Viele Male waren Claire und ich vor Sonnenuntergang gemeinsam hier entlangspaziert. Am Rand der Aussichtsplatte hatten wir eng umschlungen die Weite des Meeres beobachtet. Wir hatten die Hoffnung nie aufgegeben, dass sie die Krankheit besiegen würde.

Abrupt blieb ich stehen. Was tat sie da? Bis zum Felsvorsprung waren es nur wenige Schritte. Viel zu dicht stand sie am Rand, direkt hinter der Sicherheitsabsperrung. Was hatte sie vor?

„Hallo", rief ich zu ihr hinüber. „Kommen Sie zurück! Das ist zu gefährlich."

Ich zögerte. War verunsichert. Womöglich hatte ich sie erschreckt. Sie wollte doch nicht etwa …? Schon allein die Vorstellung ließ mich erschauern. Vom Hörensagen wusste ich, dass von Zeit zu Zeit Menschen hierherkamen und nicht zurückkehrten. Ab und zu wurde darüber in der Zeitung berichtet, wenn Angehörige gesucht wurden.

„Lassen Sie mich in Ruhe."

Sie drehte sich kurz um und umklammerte schnell mit der linken Hand den Holzzaun hinter sich.

Was sollte ich machen? Zögernd wagte ich mich zu ihr bis an den Rand vor.

„Was haben Sie vor?", rief ich im Getöse von Wind und Wasser lauter als gewollt.

„Lassen Sie mich …"

Ihre Stimme versagte. Sie wirkte so weit weg von mir. Was, wenn sie das wirklich vorhatte, was mir durch den Kopf ging? Wie sollte ich sie ansprechen? Wie die richtigen Worte finden? Ich bemerkte, wie ein paar Tränen ihre Wange hinabkullerten.

„Sie sind doch viel zu jung. Das ganze Leben liegt noch vor Ihnen."

Fieberhaft suchte ich nach Worten, um in ein Gespräch zu kommen. Unauffällig musterte ich sie dabei von der Seite. Unvorstellbar, wie auffallend die Ähnlichkeit war. Die Fremde war klein und von zarter Gestalt. Zerbrechlich wie Porzellan. Wie meine Claire, erinnerte ich mich. Fast befürchtete ich, ein Windstoß könnte sie aus dem Gleichgewicht bringen und die Klippen hinunterwehen. Ich versuchte erneut, auf sie einzuwirken.

„Was ist passiert?"

Gleichgültig drehte sie ihr Gesicht zu mir. So traurige Augen hatte ich selten im Leben gesehen. Sie schauten mich nicht an, sondern starrten ins Nichts oder in eine andere Welt. Unbewusst öffnete sie den Mund, ohne ein Wort von sich zu geben. Von Neuem liefen Tränen langsam ihre Wangen hinab. Ich vermutete, dass die Erinnerung an etwas Schreckliches hochkam.

Zuerst zögerlich, dann stockend schüttete sie ihr Herz aus. Ich hatte Mühe, sie zu verstehen.

„Ich … ich vermisse die beiden über alles. Sie haben mich zurückgelassen. Überall habe ich sie gesucht. … Ich will zu meiner Familie."

Ihre Stimme brach ab. Sie seufzte mehrmals, bevor sie ihr Gesicht in beide Hände verbarg. Ich erschrak fürchterlich, weil sie so dicht am Abgrund stand. Aber sie sprach schluchzend weiter.

„Jeden Abend höre ich ihr Rufen. Ich möchte endlich zu ihnen."

„Was ist mir Ihrer Familie?"

Sie antwortete nicht gleich.

„Ein Autounfall. Mein Mann hat unseren Sohn von der Schule abgeholt."

Einen Augenblick zögerte sie, dann fuhr sie apathisch fort. „An einer Kreuzung … ein Auto … Vorfahrt genommen … auf der Stelle tot. Sie waren auf der Stelle tot!"

„Das tut mir leid."

Tiefe Betroffenheit ergriff mich. Ihren Schmerz konnte ich allzu gut nachempfinden. Wie eine Zentnerlast trug ich meinen mit mir herum. Hatte ich doch selbst den Menschen verloren, der mir der wertvollste auf der Welt war.

Sie drehte den Kopf zurück zum Meer. Ihr Blick folgte den Möwen, die im Wind unterhalb von uns an den Klippen entlangsegelten, um einander die Beute abzujagen. Beängstigend hörte sich das Donnern der Wellen an, die gegen die aus dem Meer herausragenden Felsen schlugen. Dazwischen das Kreischen der Seevögel.

„Hören Sie? Sie rufen mich."

Ich schwieg und schaute in den Himmel. Meine Augen folgten dem Kreisen der Möwen auf der Suche nach Beute. Sobald sie gesichtet war, drehten die Vögel im Sturzflug ab und verschwanden für kurze Zeit in den Wellen. Ununterbrochen. Über dem Wasser segeln und hinab ins Meer stürzen. Das Geschrei der Möwen dazu drang zu uns herüber.

„Hören Sie? Sie rufen mich."

Das Schweben der Vögel schien sie in eine Art Trancezustand zu versetzen. Durfte ich es zulassen, dass sie den Stimmen, die sie riefen, folgte? Anscheinend gab es für sie nur noch den einen Hoffnungsschimmer. Und ich? Hatte ich nicht selbst längst den Lebenswillen verloren? Was hatte ich denn vom Leben?

Eine tiefe Traurigkeit, die nun meine Augen mit Tränen füllten, erfasste mich. Jetzt hörte sich auch für mich das helle Schreien der Möwen wie ein Rufen an. Aber ich konnte nichts verstehen. Lauter, formten meine Lippen. Es auszusprechen, traute ich mich nicht. Allmählich kamen die Laute näher und wurden kräftiger.

„Komm zu mir … komm."

Deutlich, ganz deutlich, hatte ich es gehört. Das war Claire, die mich zu sich rief. Im Glückstaumel antwortete ich auf die Rufe.

„Ich komme."

Vorsichtig umfasste ich die Hand der jungen Frau.

Die Sydney News veröffentlichte einen Tag später eine kurze Meldung. Erneut waren zwei Menschen in den Tod gesprungen. Ein älterer Mann und eine junge Frau waren nah beieinander auf einem Felsen unterhalb der Klippe „The Gap" aufgefunden worden.

Eine verhängnisvolle Party

Aus sicherer Entfernung beobachtete Ute eine Weile das Treiben auf dem Bahnhofsvorplatz. Immer wieder wanderte ihr Blick zum Eingang des Gebäudes hinüber, das sie aufsuchen wollte. Sie war unentschlossen, ob es die richtige Entscheidung war, an diesen Ort zu kommen. Zu Hause war sie noch davon überzeugt. Aber jetzt? Hier? Sie zögerte. Nach längerem Warten atmete sie tief durch, gab sich einen Ruck und ging zielstrebig auf das rote Backsteinhaus zu.

Aufs Neue stockte sie vor der Tür der Bahnhofsmission. Sollte sie? Oder lieber nicht? Sie war sich nach wie vor nicht sicher.

Was hatte Tim in dieser Einrichtung verloren? Wie gut kannte sie ihren Sohn wirklich? Eher wenig, seitdem er nach dem Abitur mit dem Studieren angefangen hatte und von zu Hause ausgezogen war. Ungefähr zwei Jahre waren vergangen, dann kehrte er überraschenderweise zurück. Die Veränderung war ihr sofort aufgefallen. Weniger gepflegt, heruntergekommene Kleidung und in sich gekehrt. Ganz das Gegenteil von dem, wie sie ihn bisher gekannt hatte. Der Glanz in seinen Augen war verschwunden und von seiner Fröhlichkeit war nichts mehr zu sehen. Ihr

Mann und sie schoben es auf das schwere und arbeitsintensive Physikstudium zu. Viel zu spät hatten sie erkannt, in welchem Zustand ihr Sohn gewesen war.

Es war sein letzter Wunsch, beantwortete Ute sich selbst die Frage, warum sie hierhergekommen war. Erst mit dieser Erinnerung überwand sie sich und betrat die Bahnhofsmission. Überrascht von der Sauberkeit und einer überhaupt nicht mit Lärm verbundenen und gehetzten Atmosphäre trat sie etwas zur Seite und beobachtete die zahlreichen Besucher zu dieser Stunde. In ihrer Vorstellung hatte sie angenommen, dass es hier quirlig und hektisch zuging wie auf dem Bahnhof einer Großstadt zur Rushhour.

„Kann ich Ihnen helfen?" Ein Mann, etwa Mitte dreißig, war auf sie zugekommen. Sie registrierte seinen irritierten Ausdruck. Sie schien ihm wohl dem äußeren Anschein nach zu vornehm gekleidet und wenig hilflos dreinschauend zu sein. Sie vermutete, dass er seit vielen Jahren ehrenamtlich im sozialen Dienst arbeitete und sofort erkannte, wenn jemand Hilfe benötigte. Aber bei ihr als elegant aussehende Frau fehlte ihm unübersehbar dieses Vorstellungsvermögen.

„Ich suche eine gewisse Moni", erwiderte Ute und schaute sich weiter interessiert um. Was hatte Tim hier gemacht? Sie konnte es sich beim besten Willen nicht vorstellen. In ihrer Erinnerung sah sie ihn als Teenager vor sich, der es genoss, wenn er von anderen umgeben war, die für ihn eine Gefälligkeit erledigten als umgekehrt. Sie lebten in einem Vorort in einer vornehmen Villengegend und hatten ihrem einzigen Sohn ein sorgloses Leben geboten.

„Meinen Sie Monika Becker?"

„Tut mir leid. Leider habe ich nur ihren Vornamen … Moni."

„Vielleicht kann Ihnen Frau Becker weiterhelfen. Kommen Sie." Er deutete auf einen freien Tisch und führte Ute dorthin. „Einen Augenblick bitte. Nehmen Sie doch Platz."

Noch nie im Leben hatte sie eine Bahnhofsmission von innen gesehen. Umso aufmerksamer beobachtete sie, wie der Mitarbeiter jetzt einen erkennbar ärmlich gekleideten Mann mittleren Alters mit einem freundschaftlichen Schulterschlag begrüßte.

„Guten Tag. Ich bin Monika Becker. Was kann ich für Sie tun?"

Hastig erhob sich Ute und stand einer Frau um die vierzig gegenüber. Die schulterlangen Haare hatte diese zu einem Zopf zusammengebunden. Wie alle Mitarbeiter in der Mission, die Ute ausgemacht hatte, trug Monika Becker eine Jeans und ein hellblaues T-Shirt.

„Mein Name ist Ute Ettler. Kennen Sie einen Tim Ettler?"

„Bitte nehmen Sie doch wieder Platz. Ja, ich kenne einen Tim. Wie er weiter heißt, weiß ich leider nicht. Er war schon lange nicht mehr hier."

Es war ein etwas älteres Foto, das Ute aus ihrer Handtasche holte. Aber Monika Becker erkannte ihn sofort und nickte zustimmend.

„Das ist mein Sohn." Ute sprach weiterhin in der Gegenwart von ihm, wenn es sich um Tim handelte. „Er hat von Ihnen erzählt. Er sagte, Sie seien auch AC/DC-Fan." Sie stockte. Es fiel ihr schwer, die richtigen Worte zu finden und sie auszusprechen. „Drogen hat er genommen. Warum nur? Wir hatten keine Ahnung davon. Von Hilfe wollte er nichts wissen."

Das tiefe Seufzen war nicht zu überhören. Ein tieftrauriger Blick unterstrich den Kummer, der in diesem Moment erneut die Wunden aufriss.

„Ja, das ist der Tim, den ich kenne."

„Was wollte er hier? Er hatte doch alles." In ihrer Verzweiflung versuchte Ute zu verstehen, warum eine für sie fremde Frau offenbar ihren Sohn besser kannte als die eigene Mutter.

„Zu uns kann jeder kommen, nicht nur mit Zug- oder Reiseproblemen. Wir helfen, wo wir können. Tim kam irgendwann zu uns, als es ihm sehr schlecht ging. Mit Schmerzen und Übelkeit, zittrig am ganzen Körper. Reden wollte er und seinen Frust loswerden. Fortan kam er regelmäßig auf eine Wurststulle und einen Kaffee. Wir haben ihm immer wieder geraten, zu einer Beratungsstelle zu gehen. Ständig hat er abgewunken. Aber wir haben ihm immer wieder gut zugeredet."

„Offensichtlich hatte er sich Ihre Worte zu Herzen genommen, denn …"

Abermals seufzte sie und atmete tief ein. Die Erinnerung schnürte ihr jedes Mal die Kehle zu und ein Weitersprechen war unmöglich. Sie ließ ihren Blick durch den Raum wandern und mit ihren Tränen gefüllten Augen mutmaßte sie einen Augenblick lang, in dem jungen Mann am gegenüberliegenden Tisch ihren Sohn zu erkennen.

„Das scheint so, denn eines Tages stürmte er förmlich hier herein und verkündete, dass er Methadon nehme und in Kürze einen Therapieplatz hätte. Mit einem Strahlen im Gesicht hat er so glücklich ausgesehen. Danach ist er nicht mehr gekommen."

„Genauso war es. Er wollte einen Entzug machen und von vorn anfangen. Doch einen Abend, bevor er in die Klinik fahren wollte, traf er auf einer Party seine alten Freunde. Er konnte der Versuchung wohl nicht widerstehen und hat sich an diesem Abend den goldenen Schuss gesetzt. Erst vor wenigen Tagen war ich in der Lage, sein Zimmer zu betreten. Ich habe auf dieser Hülle einen Notizzettel gefunden, auf den er geschrieben hatte, dass er Ihnen beim nächsten Treffen diese DVD geben wollte. Als Dankeschön für alles, was Sie für ihn getan haben. Tim hatte diese DVD signiert von AC/DC auf einem Livekonzert bekommen."

Langsam schob Ute die DVD über den Tisch. Dem Wunsch ihres Sohnes nachgekommen zu sein, erfüllte sie mit Erleichterung. Es berührte sie zutiefst, wie Monika sie fassungslos anschaute. Jegliche Farbe war aus deren Gesicht gewichen.

„Tim ist tot? Das ist ja furchtbar. Und wir haben geglaubt, er sei in Therapie, weil er nicht mehr gekommen ist." Wie es schien, war es für sie unbegreiflich, dass dieser junge Mensch nicht mehr am Leben war.

In diesem Augenblick war sich Ute sicher, dass sie das Richtige tat. Sie legte ihre rechte Hand auf die von Monika.

„Ich möchte Ihnen für Ihre Hilfsbereitschaft und Überzeugungskraft Tim gegenüber danken. Für ihn kann ich nichts mehr tun, aber wie ich sehe, können Sie hier jede Unterstützung gebrauchen.

Der geheimnisvolle Rucksack

„Wie ist das passiert?"

Lea will immer alles hundertprozentig genau wissen. Ich zucke ein paar Mal mit den Schultern und antworte gleichzeitig.

„Keine Ahnung. Ohne Witz. Ich weiß es nicht."

„Du musst doch wissen, wie und wann du den falschen Rucksack mitgenommen hast, Ben."

Wie immer ließ sie nicht locker.

„Wie oft haben wir darüber gesprochen, dass jedem noch so kleinen Detail nachgegangen werden muss, wenn wir als Kommissare erfolgreich sein wollen."

„Klugscheißerin."

Grinsend sehe ich, wie Chris mit den Augen rollt und ihr einen genervten Blick zuwirft. Aber Lea hat die Begabung dafür. Ist immer aufmerksam und bei der Sache. Mit ihren vierzehn Jahren arbeitet sie manchmal schon wie ein Profi. Blitzschnell fügt sie eins und eins zusammen und bringt uns auf der Suche nach etwas Verdächtigem ein Stück weiter.

Seit gestern Abend zermartere ich mir den Kopf, an welcher Stelle ich den falschen Rucksack gegriffen haben könnte.

„Im Ernst. Genau weiß ich es nicht. Im Flugzeug habe ich meinen noch gehabt. Am Gepäckband haben meine Eltern und ich auf die Koffer gewartet. Da habe ich den Rucksack neben mir abgestellt und euch die WhatsApp geschrieben, dass wir zurück sind. Um uns herum haben jede Menge Menschen gestanden. Dort könnte es passiert sein."

„Kannst du dich erinnern, wer neben dir gestanden hat?"

„Nein. Ich bin zu sehr mit WhatsApp beschäftigt gewesen. Oder es hat sich später ereignet. Am Taxistand. Dort hat es ebenfalls jede Menge Leute gegeben."

Inzwischen habe ich wie ein Profi ein paar Gummihandschuhe übergezogen und öffne vorsichtig den Rucksack. Ein Teil nach dem anderen ziehe ich misstrauisch heraus und lege es vor uns hin.

Wir sitzen im Baumhaus, das Opa für mich vor ein paar Jahren im hinteren Teil unseres Gartens gebaut hat. Ein cooler Treffpunkt für uns Hobby-Kriminalisten, wenn wir ungestört über Verbrechen in der Gegend diskutieren wollen. Gemeinsam gehen wir Hinweisen aus der Zeitung nach oder verfolgen Spuren, die wir aus eigenen Nachforschungen gefunden haben.

Unser großes Vorbild ist Kalle, Chris' Onkel Karl-Heinz, der bei der Polizei arbeitet und ab und zu aus dem Nähkästchen plaudert. Für uns drei steht fest, dass wir, wie er, nach dem Abitur Karriere bei der Kripo machen werden.

Verblüfft betrachten meine beiden Freunde den Inhalt aus dem Rucksack: eine schwarze Baseballkappe, ein Kulturbeutel, ein Paar übergroße Badeschlappen, eine Tüte Gummibärchen und ein weißer Stoffhase.

„Kein Name. Kein Hinweis auf irgendetwas", stellt Lea nach eingehender Untersuchung des Rucksacks fest.

Logischerweise habe ich gestern das Gleiche getan und bin wie meine beiden Hobby-Kommissar-Kollegen verwundert gewesen.

„Sieht so aus, als hätte nicht alles in den Rucksack gepasst", begutachtet Lea die Sachen. Wie mit einer Pinzette hebt sie einen Badeschuh hoch. „Sonst wären der Kulturbeutel und die Badelatschen im Koffer verpackt worden."

„Schaut mal."

Mit Fingerspitzen hat Chris den Reißverschluss der Toilettentasche aufgezogen und hält einzelne Gegenstände in die Höhe.

„Sieht nicht nach einem längeren Aufenthalt aus. Alles Sachen, die nicht mehr als auf einen Zwei- oder Dreitagesaufenthalt hindeuten."

„Und alles, was es hier in Deutschland nicht zu kaufen gibt."

Lea ist in ihrem Element und folgert daraus weiter.

„Kein Stück, das eine deutsche Aufschrift trägt. Alles vielleicht in der Türkei gekauft. Oder sonst wo anders. Ich kann das nicht lesen."

„Demzufolge hat er nur einen kurzen Aufenthalt in Deutschland geplant." Rasch füge ich hinzu. „Oder sie."

„Oder die anderen Sachen sind im Toilettenbeutel im Koffer", gibt die Jugendliche zu bedenken. „Vielleicht hat er oder sie einen Zwischenstopp in Antalya eingelegt. Und die Sachen dort für einen kurzen Aufenthalt in unserer Stadt besorgt. Oder, oder."

Nachdenklich, welche weiteren Möglichkeiten in Betracht kommen könnten, greift sie nach dem Hasen.

„Wie kuschelig."

Mit beiden Händen knuddelt Lea das Plüschtier.

„Nanu?"

Überrascht nimmt sie die Arme nach vorn. Den Hasen hält sie am ausgestreckten Arm von sich weg.

„Da ist was Hartes drin. Fühl mal."

Flink wirft sie das Stofftier Chris in den Schoß, das er sofort sorgfältig abtastet.

„Stimmt." Mit der rechten Hand drückt er vorsichtig an dessen Bauch herum und untersucht ihn genau. „Etwas Längliches. Ah, da. Ich fühle es."

Sorgfältig streicht er über die Naht und nachdem er eine lockere Stelle gefunden hat, bohrt er dort den Zeigefinger durch den Stoff und bis ins Innere des Hasen. Schließlich hält er einen Schlüssel hoch.

„Hey, lass mal sehen."

Wie einen verdächtigen Gegenstand drehe ich ihn hin und her und lese das Eingravierte vor.

„Krass. Nummer 128. Könnte ein Schließfachschlüssel sein."

„Und jetzt? Was machen wir damit?"

„Erst mal prüfen, ob es überhaupt einer ist. Dann nachschauen, was im Fach drin ist. Was denn sonst?"

Gänzlich aus dem Häuschen wäre ich am liebsten sofort losgerannt.

„Halt! Stopp!"

Meistens ist Lea mit ihren Gedanken ein Stück weiter und bewahrt einen kühlen Kopf.

„Der Typ, dem der Rucksack hier gehört, hat bestimmt deinen. Er oder sie wird versuchen, seine oder ihre Sachen wiederzubekommen. Das ist doch wohl klar."

„Auch wahr", gebe ich kleinlaut zu.

„War an deinem ein Anhänger mit Namen und Anschrift?"

Während sie mir die Frage stellt, bemerke ich, wie sie ein langes Gesicht zieht und mir einen Blick entgegenschleudert, als wolle sie mich fressen.

„Nein. Aber ich habe ein Mathe- und Physikbuch dabeigehabt. Ihr wisst ja. Meine Eltern bestehen darauf, dass ich in den Ferien etwas für die Schule tue."

Kaum habe ich das ausgesprochen, fällt es mir siedend heiß ein.

„In den Büchern steht mein Name."

„Ach, du meine Güte", platzen die beiden wie aus einem Mund heraus.

Und mir schießt schlagartig das Blut in die Wangen, als ich meinen Gedanken laut ausspreche.

„Was ist, wenn der Typ was vorhat? Und in dem Schließfach etwas drin ist, das er dafür braucht? Geheime Papiere oder so was."

„Mensch, Ben. Dann bist du in Gefahr!"

„Leute, ihr spinnt."

Normalerweise die Ruhe in Person, versucht Lea, uns zu beruhigen.

„Aber warum war der Schlüssel dann im Hasen eingenäht? Das ist doch seltsam. Oder? Vielleicht hat er Rauschgift geschmuggelt?", erwidere ich.

„Oder im Schließfach ist die Beute aus einem Über-fall? Nun will er sein Geld und kommt nicht dran", vermutet Chris.

Jetzt erkenne ich bei Lea Interesse.

„Wir gehen der Sache auf den Grund. Professio-nell. Wie es Kalle machen würde. Ganz easy", erklärt sie in sachlichem Ton.

Ich habe ein mulmiges Bauchgefühl und will sie zurückhalten.

„So einfach geht das nicht, Lea. Was ist, wenn der Typ am Schließfach auf der Lauer liegt, bis derjenige kommt, der den Schlüssel gefunden hat?"

„Mensch, daran habe ich gar nicht gedacht."

„Dann lasst uns überlegen, was wir machen."

Schon ist sie wieder in ihrem Element und tippt eifrig in ihr Handy, um etwas über Schlüsselarten herauszufinden.

„Zunächst müssen wir in Erfahrung bringen, ob es tatsächlich ein Schließfach ist und wo es sich befindet. Am Flughafen oder am Bahnhof?"

„Am besten wird es sein, wenn wir zuerst zum Bahnhof fahren und dort nachschauen. Der liegt auf dem Weg zum Flughafen."

Akribisch überlegen wir, wie man unentdeckt an das Aufbewahrungsfach gelangen kann.

„Lea, du findest erst einmal heraus, wie lange ein Gepäckstück aufbewahrt wird. In der Zwischenzeit werden Chris und ich unauffällig die Umgebung auskundschaften. Vielleicht lungert dort in der Zeit jemand herum."

„Gute Idee."

Schon sehe ich, wie mein Freund mit einem Satz aufspringt und sich seine Jeansjacke anzieht.

„Auf zum Bahnhof."

Schnell stecke ich den Schlüssel in meine Hosentasche. Hals über Kopf verlassen wir das Baumhaus. Die Angst, dass vom Schließfach Gefahr ausgehen könnte, ist verflogen. Wir sind fest davon überzeugt, dass wir gemeinsam das Geheimnis um den Rucksack lüften werden.

Eine Viertelstunde später sitzen wir in der Straßenbahn zum Bahnhof. Auf dem Weg zum Bahnhofsgebäude bleibe ich kurz stehen.

„Wann und wo sehen wir uns wieder?"

„In einer halben Stunde? Das müsste doch reichen. Was meint ihr?"

Auf ihrem Handy hat Lea einen Lageplan hochgeladen und zeigt Chris und mir, in welchem Teil vom Bahnhof die Schließfächer stehen.

„Und gegenüber ist ein Fast-Food-Restaurant. Ein optimaler Treffpunkt. Dort fallen wir nicht weiter auf."

„Gute Idee", nicke ich zustimmend. Schnell vergleichen wir die Uhrzeit und begeben uns auf die Erkundung.

Eine halbe Stunde später sitzen wir im vereinbarten Schnellimbiss und stecken die Köpfe zusammen. Mit leisen Stimmen tauschen wir aus, was wir in Erfahrung gebracht haben.

„Mir ist niemand aufgefallen. Hast du etwas Auffälliges gesehen, Chris?", flüstere ich über den Tisch gebeugt.

Mein Freund schüttelt den Kopf.

„Nein. Ich habe keine verdächtige Person bemerkt."

„Und du Lea? Was hast du herausgefunden?"

Vorsichtig beobachte ich gleichzeitig die Gäste um uns herum, kann aber nichts Ungewöhnliches feststellen.

„Gepäck kann zweiundsiebzig Stunden aufbewahrt werden. Danach wird das Fach geöffnet. Der Inhalt kommt in ein Aufbewahrungslager", klärt sie uns auf.

Eine Weile überlegen wir angestrengt, was uns die Ergebnisse bringen und was wir als Nächstes unternehmen. Plötzlich habe ich eine Idee. Damit keiner zuhören kann, beuge ich mich weiter über den Tisch.

„Wenn niemand im Gang mit dem Fach 128 ist, schauen Chris und ich nach, ob der Schlüssel zum Schließfach passt. Du, Lea, bleibst vorn am Gang. Du beobachtest, wer kommt und geht. Wenn etwas auffällig ist, rufst du laut ‚Beeilung, Jungs'!"

Meine Freunde nicken zustimmend mit dem Kopf.

Rasch verlassen wir das Schnellrestaurant. Mit wachsamen Augen eilen wir hinüber auf die gegenüberliegende Seite zur Gepäckaufbewahrung. Dicht dahinter folgt uns Lea. Im lebhaften Bahnhofstreiben fallen wir nicht auf. Kurz darauf erreichen wir den richtigen Schließfachbereich. Lea geht auf Position, wir ein paar Meter in den Gang hinein.

„Bist du so weit?", frage ich, als wir allein sind. Vor uns in Augenhöhe das Fach 128.

„Ja. Beeil dich."

Vor lauter Aufregung hat mein Kumpel einen hochroten Kopf bekommen.

Mit leicht zitternder Hand stecke ich den Schlüssel ins Schloss. Vorsichtig drehe ich ihn nach rechts. Eigentlich habe ich damit gerechnet, dass er nicht passt. Und dass wir am falschen Ort sind. Aber es macht „klack". Die Tür öffnet sich einen Spalt.

Mit flatterndem Herzen, als würde mich sofort etwas anspringen, fasse ich an den Griff. Mutig atme ich ein letztes Mal tief durch und ziehe die Tür langsam auf. Mit weit aufgerissenen Augen starren wir auf die beiden Gegenstände, die vor uns liegen: ein Briefumschlag, darauf eine Pistole. Mein Herz schlägt wild wie ein Trommelsolo.

„Und jetzt?" Kreidebleich sieht Chris mich an. Er krallt sich an meinem linken Oberarm fest, als würde er gleich umfallen.

„Weiß ich auch nicht. Frag Lea. Die weiß immer alles."

Gleichzeitig schauen wir zu der Stelle, an der sie ihren Posten bezogen hat, und geraten in Panik. Lea ist weg.

In diesem Moment höre ich die laute Stimme meiner Mutter.

„*Ben … Ben*! Wach endlich auf. Der Schulbus wartet nicht!"

Davonlaufen ist keine Lösung

Der Novemberwind pfiff eiskalt durch die Straßen Neuköllns und in sein Gesicht. Bis zu seiner Wohnung war es nicht mehr weit.

Walter sah sie herannahen, und ein ungutes Gefühl beschlich ihn. Drei junge Kerle umringten ihn schnell. Einen erkannte er sofort. Es war Tommy. Er wohnte mit seiner Mutter unter ihm. Bisher hatte er von dem Burschen keinen schlechten Eindruck.

Mit der U-Bahn war Walter nach dem Dreh bis zum Rathaus gefahren und dann die Karl-Marx-Straße hinuntergeeilt. Die Eiseskälte ließ ihn am ganzen Körper frieren. Umständlich schlug er mit einer Hand den Mantelkragen hoch und hielt ihn am Hals zusammen. Mit der anderen zog er seinen kleinen Rollkoffer hinter sich her. Schon war er fast auf Höhe von Stroebens Backwaren. In der Abenddämmerung leuchteten die erhellten Schaufenster zu ihm auf die gegenüberliegende Straßenseite.

Een heeßer Kaffee würde mich jetzt beschtümmt juut tun, ging es ihm durch den Kopf.

Rasch überquerte er die Straße und betrat die Bäckerei. Eine junge Verkäuferin kam aus dem rückwärtigen Teil des Ladens hinter die Verkaufstheke.

„Einen Coffee-to-go, bitte. Zum Mitnehmen. Und ne Schrippe."

Seit er den Minijob beim Film hatte, liebte er diese amerikanischen Ausdrücke. Zum Spaß hängte er meistens noch die deutsche Bezeichnung hinten an.

Walter hatte sich nach der Pensionierung als Komparse beworben und wenig später seinen ersten Auftritt in einer Vorabendserie erhalten. Seitdem wurde er in regelmäßigen Abständen von der Agentur angefordert.

Heute war es ein langer Tag gewesen und am Set hatte es kaum etwas zu essen gegeben. Sein Magen knurrte, und er fror. Sie hatten fast den ganzen Tag in Alt-Treptow im Freien gedreht. Der alte Lodenmantel hielt die Kälte nicht ab.

Sein Part für den Dreh war ein Penner, der zusammen mit anderen am Stadtrand unter einer Brücke lebte. Die Filmszene beschrieb einen Leichenfund, einige hundert Meter entfernt. Das Drehbuch sah vor, dass die beiden Filmkommissare die Befragung zweier Obdachloser spielen sollten.

Walter und die anderen spielten die Statisten in dieser Szene. Dem Regisseur schien die Kälte nichts

auszumachen, denn er mäkelte ständig an der Filmszene herum, sodass sich der Drehtag bis in den späten Nachmittag hingezogen hatte.

Aus der Hosentasche kramte er ein paar Geldstücke
hervor und zählte für den Kaffee und die Schrippe pas-
sendes Kleingeld ab. Jetzt hatte er es eilig, in sein war-
mes Wohnzimmer zu kommen. An der Bäckereitür
murmelte er ein schnelles Juuten Tach und schon war
er draußen.

Zügig hatte er seinen Weg nach Hause fortgesetzt.
Kaum, dass er außer Sichtweite der Bäckerei war,
hatten ihn diese drei Halbstarken umzingelt.

„Hey, Alter, haste mal ´nen Hunni?", wandte sich
einer der Jungs an ihn.

Der zweite zog an seinem Mantel.

„Wo haste denn den Zwirn her?"

Der größte aus der Gruppe zog am Koffer, in dem
Walter zusätzliche Kleidungsstücke für den Drehtag
eingepackt hatte.

„Wat ham wir denn hier drin?"

„Auf wat soll ick denn zuerst antworten?"

„Ooch noch uffmucken, Alter, häh?"

Tommy, der Nachbarsjunge, schubste ihn mit beiden Händen in die Richtung seines Kumpels.

Der Bengel kann was …

Weiter kam Walter mit seinen Gedanken nicht. Ein harter Schlag traf ihn am Kopf, sodass ihm sofort der Kaffeebecher und die Papiertüte mit der Schrippe aus der Hand fielen. Langsam sank er zu Boden und alles um ihn herum wurde schwarz.

„Hallooo! Haallooo!"

Wie aus weiter Ferne hörte er eine Frauenstimme.

„Aufwachen!"

„Ick … Autsch … Meen Deez … Wat'n passiert?"

Mit schmerzverzerrtem Gesicht fasste sich Walter an den Kopf und tastete vorsichtig die Stelle ab, an der ihn der Schlag getroffen hatte.

„Das weiß ich nicht. Sie lagen hier. Ich nahm an, Sie seien betrunken. Es ist hier doch viel zu kalt."

Nach und nach erinnerte sich Walter, was geschehen war.

„Nee. Ick bin jestolpert."

Keen Wunder, dass sie mich so einschätzt. So, wie ick aussehe.

Außerdem würde sie gewiss darauf bestehen, die Polizei zu rufen, wenn er erzählte, was passiert war.

Dat werde ick besser selba regeln.

Umständlich erhob er sich und fasste sich erneut an den schmerzenden Hinterkopf. Eine dicke Beule hatte sich gebildet.

Erst jetzt bemerkte er, dass sein Koffer weg war. Hektisch griff er an seine Brust und in die linke Manteltasche.

„Mene Knete. Auswees. Handy. Alles weg! Diese Bagasche."

Wie ein Eimer kaltes Wasser traf ihn die Ernüchterung, dass dieser Bengel ihm zusammen mit den Freunden alle seine Sachen gestohlen hatte.

„Den Steppke knöppe ick mir vor."

„Soll ich die Polizei rufen?"

Flink kramte die alte Dame in der Tasche und fingerte ihr Handy heraus.

„Nee. Dat erledige ick selba."

Das hatte Walter befürchtet. Nur keine Polizei. Das wollte er vermeiden.

„Iss schon in Ordnung. Ick jeh jetzt nach Hause. Danke ooch."

Rasch zog er den Mantel zurecht und schlurfte eiligst davon. In ihm brodelte die Wut.

Das hätte janz schön böse ausjehen können.

Bis jetzt hatte er einen ordentlichen Eindruck von Tommy. Auf was hatte sich der Bursche nur eingelassen? Das ging ihm nicht aus dem Kopf.

Endlich hatte Walter seinen Wohnblock erreicht. Schnaufend wie eine Lokomotive schloss er die Haustür auf und stieg immer noch nach Luft schnappend die Treppe hinauf. Vor der Wohnungstür von Tommys Mutter blieb er so lange stehen, bis er wieder gleichmäßiger atmen konnte. Er schluckte ein paar Mal, um seinen Groll unter Kontrolle zu bringen. Grantig drückte er auf den Klingelknopf. Hinter der Tür hörte er schlurfende Schritte und schon öffnete sich die Tür.

„Herr Kowalski? Was kann ich für Sie tun?"

„Entschuldigen Se, wenn ick störe, Frau Peters. Ick will mit Tommy reden. Issa da?"

„Ja. Ist gerade gekommen. Ist was passiert?"

Ihr Gesicht drückte Besorgnis aus.

„Kommen Sie."

Tommys Mutter ging bis zum Ende des Flurs vorweg und klopfte an die Tür ihres Sohnes.

„Tommy. Du hast Besuch."

Seit einiger Zeit hatte sie es sich angewöhnt, erst einen Moment zu warten, bevor sie sein Reich betrat. Deshalb zögerte sie etwas, dann drückte sie die Klinke hinunter und ließ Walter eintreten. Gleich darauf schloss sie die Tür wieder. Ihr Feingefühl signalisierte ihr, dass es jetzt besser sei, die beiden allein zu lassen.

„Was wollen Sie …?"

Just in diesem Moment erkannte Tommy, wen er vor sich hatte. Panisch vor Angst sprang er zum Fenster und riss es auf. In einem Satz spurtete Walter hinterher und packte den Jungen am Arm, bevor er hinausspringen konnte.

„Schön hiergeblieben, mein Freundchen. Davonlaufen ist keine Lösung."

Flohmarkttreiben

Der Brief lag seit zwei Tagen auf seinem Schreibtisch. Bisher ungeöffnet. Als Benno ihn vorgestern im Briefkasten vorgefunden hatte, beschlich ihn eine unangenehme Vorahnung. Aus seiner Sicht bedeutete das Schreiben eines Rechtsanwalts nichts Gutes. Langsam schob er den Brieföffner durch den kleinen Schlitz und öffnete den Umschlag. Mit spitzen Fingern zog er den Briefbogen heraus, als ob es wichtig wäre, keine Fingerabdrücke darauf zu hinterlassen. Er begann zu lesen. Als hätte ihn der Schlag getroffen, sackte er auf dem Stuhl zusammen und verfiel in eine Art Schockstarre. Das Atmen fiel ihm schwer. Es war so, als stülpe jemand einen Sack über seinen Kopf und schnürte ihn zu.

Irgendetwas war schiefgelaufen. Wie konnte das passieren? Sie waren doch immer so vorsichtig gewesen. Wutentbrannt schleuderte Benno den Öffner, den er noch in der Hand hielt, auf den Fußboden. Seine Miene verfinsterte sich zusehend, während er den ersten Absatz ein zweites Mal las.

„Sehr geehrter Herr Doppler, Ihnen wird zur Last gelegt, am Sonntag, den 17. Februar 2019 meine Mandantin so lange in ein Gespräch verwickelt zu haben, sodass ein mutmaßlicher Dieb mit der Handtasche meiner Mandantin entkommen konnte."

An den genannten Tag erinnerte sich Benno genau. Die vermeintliche Klientin war ihm sofort aufgefallen, als sie an den Verkaufsstand getreten war. Bildhübsch, sexy, schulterlanges dunkelbraunes Haar, große braune Augen mit einem durchdringenden Blick. Die könnte mir gefallen, war damals sein erster Gedanke. Aber er war nicht auf dem Flohmarkt, um zu flirten, sondern um zu verkaufen. Anstelle eines überzeugenden Verkaufsgesprächs nahm es zunächst mit einer Missdeutung seinen Lauf. Besagte junge Frau, er hatte sie auf Mitte zwanzig bis Anfang dreißig geschätzt, hatte das Saxofon entdeckt, das er ein paar Tage vorher von einem Freund aus dem Nachlass des Vaters zum Verkauf bekommen hatte. Es war ein erstaunlich gut erhaltenes Instrument. Zudem alt und von hohem Wert, versicherte ihm sein Freund.

„Darf ich mal?", erkundigte sie sich höflich und strich liebevoll über den Gegenstand. „Ein wunderschönes Musikinstrument."

In diesem Moment erblickte der Flohmarktbetreiber einen Zwergpudel ohne Herrchen, der an seinem Verkaufsstand herumschnupperte und just das Bein anhob.

„Lass das! Weg da!", schnauzte Benno laut und klatschte laut in die Hände, um den Hund zu vertreiben. Die Interessentin nahm in diesem Moment an, sie sei gemeint und zuckte derart erschrocken zusammen, dass sie das Saxofon fast umgestoßen hätte.

„Sorry. Ich wusste nicht …"

Benno, der den Irrtum sofort bemerkt hatte, unterbrach die Kundin hastig.

„Nein, nein. Entschuldigen Sie bitte vielmals. Ich meinte natürlich nicht Sie. Eigentlich mag ich Hunde. Aber auf dem Flohmarkt kann ich es nicht leiden, wenn sie überall herumschnuppern und womöglich noch ihre Duftnote hinterlassen."

Er war inzwischen vor seinen Verkaufsstand getreten, hatte nach dem Saxofon gegriffen und reichte es der jungen Frau.

„Selbstverständlich. Nehmen Sie. Ein lukratives Angebot. Aber urteilen Sie selbst."

Voller Neugier begutachtete sie das Instrument. Sie kamen ins Gespräch und er erfuhr, dass sie in einem Auktionshaus arbeitete. Sie hatte sich auf Musikinstrumente spezialisiert. In dem Moment kam Justus wie aus dem Nichts ins Spiel. Einen Bruchteil von Sekunden später war er wieder in der Menge untergetaucht. Benno und Justus waren ein gut eingespieltes Team.

Schwarz auf weiß stand auf dem Papier geschrieben, was passiert war. Jetzt lagen seine Nerven blank. Das Herz rutschte ihm in die Hose. Abwechselnd wurde ihm heiß und kalt. Schweißperlen breiteten sich auf der Stirn aus.

„Meine Mandantin berichtet, dass sie an Ihrem Verkaufsstand auf dem Flohmarkt am Lockburger Platz in Zinersbach ein Saxofon begutachtet hat. Während sie das Musikinstrument in den Händen hielt, rempelte sie von hinten jemand an und riss ihr die Handtasche von der Schulter.

Anstatt den Dieb aufzuhalten oder zu verfolgen, haben Sie versucht, meine Mandantin mit einem Gespräch und dem Aufdrängen einer Tasse Kaffee zu beruhigen. Der Taschendieb konnte entkommen. Außerdem weigerten Sie sich, Ihren Namen und Ihre Anschrift als Zeuge des Hergangs zu nennen."

Das stimmte haargenau. Alles hatte Benno versucht, sich aus dem Zwischenfall zu winden, wie eine Schlange. Er hatte sogar Bein und Stein geschworen, dass mit seiner Zeugenaussage die Tasche nicht wieder auftauchen würde.

Im Endeffekt gab sie auf und verschwand mit den Worten „Was für ein schrecklicher Tag heute!"

Ja, was für ein Tag, hatte er sich über den gelungenen Coup gefreut. Lange genug hatte er sie aufgehalten, bis sein Kumpel Justus die Tasche in Sicherheit gebracht hatte.

Mit zitternden Händen ließ Benno das Schreiben auf den Schoß sinken. Wie, zum Teufel, hatte sie ihn aufgespürt? Er starrte auf das Fenster, an dem das Rollo seit jeher halb heruntergezogen war. Es ließ nur wenig Tageslicht in das Zimmer. Widerwillig versuchte er im Halbdunkel, sich zu beruhigen. Es fiel ihm schwer, die Wut im Bauch zu verdrängen und einen klaren Kopf zu bewahren.

Er musste die Kiste mit den entwendeten Handtaschen loswerden, war sein nächster Gedanke.

„Zu blöd", maulte er vor sich hin, „dass ich sie nicht gleich weggeworfen habe."

Allen Ernstes hatte er sich eingebildet, dass er sie zu einem späteren Zeitpunkt verkaufen würde. Und jetzt? Was konnte er tun, um sie unentdeckt loszuwerden? Vielleicht wurde er längst beobachtet. Sie musste ihn verfolgt haben. Wie sonst wäre der Anwalt an seine Adresse gekommen. In Bennos Kopf dröhnte es, seine Gedanken überschlugen sich förmlich. Die wissen gar nichts, versuchte er, sich von Neuem zu beruhigen. Abermals nahm er den Briefbogen in die Hand und las zu Ende.

„Ihnen wird darüber hinaus zur Last gelegt, an weiteren Diebstählen auf gleiche Art und Weise als Mittäter beteiligt gewesen zu sein.

Bevor gegen Sie Anzeige wegen Beihilfe zur rechtswidrigen Aneignung von Gegenständen erstattet wird, gebe ich Ihnen die Möglichkeit, sich zu den Vorfällen zu äußern.

Ich erwarte Sie am Montag, den 29. April 2019 um 17.00 Uhr in meiner Kanzlei. Hochachtungsvoll Peter Weber Rechtsanwalt"

Was war mit Justus? Hatte sie ihn ebenfalls enttarnt? Benno musste ihn unbedingt sprechen. Bis zum

Gespräch mit dem Anwalt blieben nur vier Tage Zeit, um sich etwas einfallen zu lassen und um ihre Köpfe aus der Schlinge zu ziehen. Ansonsten waren sie erledigt. Laut fluchend sprang er mit Karacho auf, sodass der Stuhl polternd auf den Boden aufschlug.

„Dieses kleine Miststück."

Im gleichen Augenblick fühlte er sich mehr tot als lebendig.

Antrieb ins Ungewisse

Stundenlang saß ich an den Berechnungen für den Super-Nova-X-Antrieb der neuen Raumschiffklasse Terrion von TAS TeraAeroSpeed, dem Weltraumgiganten mit seinen Raumschiffen und -stationen.

Mittlerweile war es düstere Novembernacht. Ein heftiger Wind blies seit Tagen durch die Häuserschlucht und zerrte an den gewaltigen Hochhäusern, die mehr als seltsame Töne und Geräusche in Form von Pfeifen, Heulen und Stöhnen der Sturmböen von sich gaben. Hier oben im 211. Stockwerk klangen die Windgeräusche überaus sonderbar. Es schien, die Windstöße erzählten ihre eigene Geschichte. Am späten Nachmittag hatte ich mich in das Apartment zurückgezogen, das mir meine Eltern nach ihrem Auszug überlassen hatten. Mir war mehr als schleierhaft, wie Architekten so hohe Wohntürme konstruieren und bauen konnten. Die Welt, in der ich lebte, gehörte den Flugkörpern, besser gesagt, den Raumschiffen. Aktuell standen wir kurz vor der wichtigen Testphase für einen neuen Antrieb. Der Prototyp Terrion I war so weit fertiggestellt, dass wir mit den ersten Feldversuchen in vierzehn Tagen beginnen konnten.

Dem Spaceshot-Team, zu dem ich seit Jahren gehörte, war mit der Produktion und dem Speichern von Antimaterie auf interstellaren Versorgungsstationen Geniales gelungen. Einzig und allein der Zeitpunkt für das Übertragen der Antimaterie in die Antriebsdüse der Terrion I hatte sich bisher nicht exakt genug vorausberechnen lassen. Das bereitete mir seit Wochen Kopfzerbrechen.

Für den morgigen Tag waren zahlreiche Testflüge vorgesehen. Dafür musste ich fit sein. Zeit also für einen Vitaminschub, den ich mir in den letzten Wochen regelmäßig vor dem Schlafengehen gönnte. Dazu trat ich vor einen wie ein Spiegel aussehenden Scanner im Schlafbereich. Der ScanPoris nahm meine Körperdaten auf und übermittelte sie zum Vita-Liquidomaten in der Kitchenette. Sofort begann dort das Gerät leise zu rotieren. Ich ging hinüber in die Miniküche. In weniger als einer Minute nahm ich den Vitamindrink aus dem Automaten und trug ihn ins Schlafzimmer.

Jedes Mal, wenn ich ungestört arbeiten wollte, zog ich mich in diese Wohnung zurück. Doch heute fand ich hier keine Ruhe. Lag es an den Berechnungen oder an den heftigen Böen, die gegen das Haus schlugen? Zeitweise klangen sie wie eine tiefe Männerstimme. Fast so wie die meines Vaters. Für einen Augenblick ließ ich den Gedanken an die Vergangenheit zu und sah mich auf seinem Schoß. Sechs oder sieben Jahre alt war ich damals. Er erzählte mir von seinen Reisen ins Weltall und zum Mars. Fasziniert klebte ich an den Lippen meines Vaters und saugte jedes

Wort auf. Seitdem stand für mich fest, dass ich eines Tages Astronaut werden würde wie er. Irgendwann wird es Leben auf dem Mars geben, hatte er mir in jener Zeit versichert. Große Städte. Schnelle Verbindungen zwischen den Planeten. Du wirst sehen.

Was vor fünfunddreißig Jahren unvorstellbar war, galt heute als Realität. Wir schrieben das Jahr 2116. Vor nicht einmal vierundzwanzig Monaten siedelten die ersten Menschen auf den roten Planeten über. Meine Eltern hatten dazu gehört. Beim Abschied hatte ich ihnen versprochen, eine neue Herausforderung auf dem Mars zu suchen, sobald das Projekt Terrion I erfolgreich abgeschlossen war.

Meine Gedanken kehrten zu den Kalkulationen und zur Raumfähre zurück. Für das Ankoppeln an die Raumstation und das Abstoßen gab es ein Zeitfenster von dreißig Minuten. Das war äußerst knapp, aber umsetzbar, zumindest den Berechnungen nach. Ein Raumschiff im Weltall mit Antimaterie zu versorgen und erneut mit Höchstgeschwindigkeit abzustoßen, beruhte bislang nur auf Simulationen. Als Chief-Planet-Commander war ich für den neuen Terrion-Antrieb verantwortlich, mit dem TAS TeraAeroSpeed die Flugdauer zum Mars zu revolutionieren plante. Bisher erstreckte sich die Flugzeit dorthin auf fünfundsechzig Tage. Mit der Terrion I wäre der rote Planet in zwölf zu erreichen. Schlimmstenfalls gefährdete ein plötzlicher Sonnensturm das An- und Abdocken von der Raumstation. Deshalb wäre es sinnvoll, weitere Berechnungen für diese Konstellationen durchzuführen. Ich nahm mir vor, nach ein paar Stunden Schlaf damit fortzufahren. Unter Umständen bekam ich in den frühen Morgenstunden im Versuchslabor die Möglichkeit, vor den Testflügen ergänzende Simulationen und Messungen zu organisieren.

Meine Bedenken und die Überlegungen dazu nahm ich mit ins Bett. Eine Weile wälzte ich mich von einer Seite zur anderen und hörte den Wohnturm in den orkanähnlichen Böen ächzen. Wie lange ich so gelegen hatte, wusste ich nicht. Im Halbschlaf nahm ich wie aus weiter Ferne eine Stimme wahr. Schlaftrunken öffnete ich die Augen und sah direkt in das Gesicht meines Chefs Linus Stinger. Er hatte sich als 3-D-Hologramm in das Schlafzimmer geschaltet. Das Piepsen des Holocoms hatte ich nicht gehört.

„Mark? Bist du wach?"

„Linus? Was um Himmels willen … um diese Uhrzeit?"

Vom Schlaf benommen, verstand ich im ersten Moment nicht, was er gesagt hatte.

„Mark. Es gab eine gewaltige Explosion in Odrock Hill. Mars-Lab-4 ist betroffen."

Kratzig hörte sich seine Stimme an, als hätte er vor Aufregung einen Kloß im Hals. Auf einmal war ich hellwach und mit einem Satz schwang ich mich auf die Bettkante.

„Was? Eine Explosion? Was ist passiert?"

Ich konnte es nicht fassen. Das Forschungslabor lag direkt neben Sektor C38, in dem meine Eltern wohnten.

„Noch haben wir keine verlässlichen Informationen. Nach derzeitigem Kenntnisstand hat die Explosion in einem Andesit-Stollen stattgefunden. Dabei sollen Gase freigesetzt worden sein, die sich wie ein Virus auf unsere Netze auswirken. Das alles ist eine Katastrophe."

Seine Worte klangen wirr und die Stimme schien ihm gleich zu versagen, so heiser hörte sie sich an. Er atmete tief durch, bevor er weitersprach.

„Und es gibt erste Störungen in den Sauerstoffanlagen."

Völlig perplex war ich nicht in der Lage, irgendetwas zu sagen. Stattdessen stotterte ich.

„Was ist … Verletzte … Kontakt …?"

„Wir haben keinen Kontakt mehr. Die Verbindungen brechen laufend zusammen. Es gibt zeitweise weder eine Verbindung zu Mars-Lab-4 noch zu C38."

Sein Gesicht kam auf mich zu und schaute zu mir hinab.

„Wir brauchen dich, Mark. Ein Shuttle muss sofort hoch zu Odrock Hill. Die Unterbrechungen in der Sauerstoffzufuhr müssen wir so schnell wie möglich in den Griff bekommen."

„Einen Shuttle? Es sind doch schon welche unterwegs."

„Und erst in 40 beziehungsweise 25 Tagen dort. Wenn Terrion I mit dem neuen Antrieb …"

Ich ließ ihn nicht aussprechen.

„Vergiss es. Es ist zu früh."

Das war nicht sein Ernst. Winzig kleinen Schnipseln gleich schossen Gedanken in meinen Kopf und zirkulierten wie in einer Zentrifuge, die sich immer schneller drehte und einzelne Gedankenfetzen hinausschleuderte.

Linus Hologramm war in Richtung Fenster gezogen und in die stürmische Nacht hinausgerichtet. Dieses Bild, so wie ich es sah, erinnerte mich erneut an meinen Vater. Aus dem Zusammenhang gerissen hörte ich die Worte, die er mir einst mit auf den Weg gegeben hatte: „Mein Junge, im Laufe meines Berufslebens war es dauerhaft mein Bestreben, die Welt zu verändern. So wie ich hast du die Gabe dazu. Manchmal gelingt es nicht ohne Risiko. Aber es lohnt sich, glaube mir."

Warum erinnerte ich mich ausgerechnet jetzt daran?

„Mark, hast du mir zugehört?"

Schlagartig holte mich Linus' Frage in die Realität zurück.

„Wir brauchen Terrion I sofort. Neue Servernetze müssen so schnell wie möglich installiert und das Labor wieder aufgebaut werden. Und das Wichtigste für die Menschen dort ist die Sauerstoffversorgung."

Sein Gesicht drehte sich zu mir um und ich sah zum ersten Mal pure Angst in seinen Augen. Gänsehaut kroch mir bis in den Nacken hoch und Verzweiflung breitete sich in mir aus. Was sollte ich jetzt tun?

„Es ist zu gefährlich. Das Andocken von Terrion I an die Versorgungsstation und die Projektion der Antimaterie haben wir nur im Labor simuliert. Realtests sind in zwei Wochen vorgesehen. Wenn alles gut läuft, ist ein Start …"

Weiter kam ich nicht.

„Das ist zu spät. Wir müssen es sofort versuchen. Uns bleibt keine Wahl."

Es klang wie ein Befehl und mir war in diesem Moment klar, dass Linus keinen Widerspruch duldete. Ich versuchte es trotzdem, ihm zu verdeutlichen, wie unsinnig und riskant das Ganze war.

„Die bisherigen Kalkulationen reichen dafür nicht aus. Der Zeitpunkt für die Schubumwandlung ist neu zu berechnen. Und die genaue Position dafür an der Versorgungsstation. Und wir brauchen die exakten Gewichtsdaten für alle Materialien, die wir mitnehmen werden. Und ... und ... und. Das alles dauert."

„Dann fang am besten sofort an. Eine Transportdrohne ist bereits unterwegs, um dich abzuholen."

„Was ist mit …?"

Meine Stimme erstickte, aber ich brauchte auch nicht mehr weiterzusprechen. Linus Stingers Hologramm war verschwunden. Wie versteinert saß ich auf dem Bettrand. Heftige Sturmböen fegten weiter um den Wolkenkratzer herum. Sie hallten wie heiseres Dröhnen zu mir, fast so, als forderten sie mich auf: „Manchmal muss man ein Risiko eingehen."

In Windeseile griff ich nach dem Overall, der jederzeit griffbereit am Fußende des Bettes lag. Das Holocom piepste. Ich hielt inne. Doch der Raum blieb dunkel, niemand erschien. Nur ein Rascheln war zu hören. Wie das Laub von Bäumen, wenn es sich im Wind bewegt. Im weiteren Verlauf eine Stimme. Ich erstarrte, als ich sie erkannte und meinen Vater hörte.

„Mark? Hörst du mich? Eine Explosion … Leckage … Sauerstoff. Brauchen deine Hilfe. Dringend. Sofort." Die Stimme erstarb und die Verbindung war abgebrochen.

Ich musste das Risiko eingehen. Mir blieb keine andere Wahl.

Danksagung

Sie sind am Schluss des Buches angekommen. Ich hoffe, ich habe Ihnen nicht zu viel versprochen und Sie haben hin und wieder ein Herzklopfen bemerkt. Danke, dass Sie dieses Taschenbuch gekauft und meine Geschichten gelesen haben.

Das Erlernen vom Schreiben bis hin zum Buch war eine lange Strecke. Auf diesem Weg haben mich in den letzten Jahren meine befreundeten Autorinnen Brigitte Griehl, Elke Heinze, Brigitte Prem begleitet. Lieben Dank für die immer konstruktive Unterstützung und die vielen Tipps, die ich von euch bekommen habe.

Hat die Motivation nachgelassen oder war die Courage vor einer Veröffentlichung zu groß, bekam ich ehrlich und stets zur rechten Zeit neuen Ansporn vom Freund meines Mannes, Henning Ewe. Herzlichen Dank für das Mutmachen, Henning.

Jegliche Unterstützung habe ich von meinem Mann erhalten. Ihm gilt in besonderem Maße meine Dankbarkeit. Dein kritisches Hinterfragen, wenn ich mich mit einer meiner Ideen nicht verständlich genug ausgedrückt hatte, hat mir sehr geholfen. Du hattest immer ein offenes Ohr für die vielen Fragen und Geduld, wenn ich mich nicht vom Schreiben trennen konnte. Du bist ein motivierender Coach.

Das Korrektorat für meine Geschichten hat Bärbel Mäkeler übernommen und mir zahlreiche Tipps für den letzten Schliff gegeben. Auch Ihnen gilt mein Dank für Ihre unkomplizierte und konstruktive Zusammenarbeit.

Bedanken möchte ich mich auch bei den Mitarbeitern von tredition. Sie haben mir jederzeit freundlich und mit kompetentem Rat bei der technischen Realisierung des Buches zur Seite gestanden.

Mein Dank geht ebenso an all diejenigen, die mich immer wieder motiviert und an die Verwirklichung meines Traumes geglaubt haben.

Die Autorin

Ulrike Ruckdäschel, geboren in Gifhorn, arbeitete als Assistentin der Geschäftsführung und als Personalreferentin. Seit ihrem Berufsende beschäftigt sich mit dem belletristischen Schreiben.

Im Studium an der Schule des Schreibens befasste sie sich intensiv mit den unterschiedlichen Genres und entdeckte für sich die Freude an kriminalistischen Geschichten.

Ihren Traum, ein Buch zu veröffentlichen, wird sie sich mit „Herzklopfen kann man nicht hören" erfüllen.

Zu ihren Hobbys gehören neben Lesen und Schreiben sportliche Aktivitäten und mit ihrem Mann auf Reisen gehen, um andere Länder und Kulturen kennenzulernen. Fast drei Jahrzehnte lebte sie im nördlichen Schwarzwald. Heute hat sie ihren Lebensmittelpunkt in der Nähe von Braunschweig.

Zeitfracht Medien GmbH
Ferdinand-Jühlke-Straße 7
99095 Erfurt, Deutschland
produktsicherheit@kolibri360.de